Oscar scrittori moderni

di William Styron

nella collezione Oscar

Un letto di tenebre
Un'oscurità trasparente - Una mattina in Virginia
La scelta di Sophie

nella collezione i Meridiani paperback

Le confessioni di Nat Turner

William Styron

UN'OSCURITÀ TRASPARENTE

UNA MATTINA IN VIRGINIA

Traduzioni di Raoul Venturi e Ettore Capriolo

OSCAR MONDADORI

Titoli originali delle opere: *Darkness Visible; A Tidewater Morning*

I edizione Oscar Scrittori moderni aprile 2016

ISBN 978-88-04-65022-5

Questo volume è stato stampato
presso ELCOGRAF S.p.A.
Stabilimento - Cles (TN)
Stampato in Italia. Printed in Italy

La traduzione di *Un'oscurità trasparente* è di Raoul Venturi; quella di *Una mattina in Virginia* è di Ettore Capriolo

Un'oscurità trasparente

A Rose

Perché ciò che temo mi accade
e quel che mi spaventa mi raggiunge.
Non ho tranquillità, non ho requie,
non ho riposo e viene il tormento!

Giobbe, 3, 25-26

Nota dell'autore

Questo libro è nato da una conferenza che ho tenuto a Baltimora nel maggio 1989, in occasione di un simposio sui disturbi emotivi promosso dal dipartimento di psichiatria della Johns Hopkins University School of Medicine. Il testo, notevolmente ampliato, divenne un articolo che fu pubblicato nel dicembre di quell'anno su «Vanity Fair». Era mia intenzione prendere le mosse dal racconto di un viaggio che avevo fatto a Parigi, un viaggio che aveva avuto un particolare significato nello sviluppo della patologia depressiva di cui avevo sofferto. Tuttavia, benché la rivista mi avesse concesso uno spazio più che generoso, c'erano pur sempre dei limiti inevitabili che mi costrinsero a sacrificare questa parte dell'articolo a favore di altri argomenti che mi premevano. Nella presente versione quel resoconto di viaggio ha ripreso il suo posto, all'inizio. Tranne alcune modifiche e aggiunte poco importanti, la seconda parte del testo rimane quella pubblicata originariamente.

I

A Parigi, nel 1985, in una gelida serata di fine ottobre, per la prima volta mi resi conto che la battaglia contro la malattia della mia mente, una battaglia che mi teneva impegnato da molti mesi, avrebbe potuto avere un esito fatale. Questa rivelazione mi colpì mentre l'automobile sulla quale viaggiavo percorreva una strada resa sdrucciolevole dalla pioggia, non lontano dagli Champs-Élysées, e passava vicino alla luce smorta di un'insegna al neon che recava la scritta «Hôtel Washington». Non vedevo quell'albergo dalla primavera del 1952, più di trent'anni prima, quando per parecchie notti era stato il mio iniziale e provvisorio alloggio parigino. Nei primi mesi del mio *Wanderjahr* ero arrivato a Parigi in treno da Copenhagen, ed ero approdato all'hotel Washington guidato dall'imprevedibile determinazione di un agente di viaggio newyorkese. All'epoca l'albergo non era che una delle numerose, umide e scialbe locande destinate a turisti squattrinati (soprattutto americani) che, se come me facevano per la prima volta la conoscenza dei francesi e delle loro amene eccentricità, avrebbero poi ricordato per tutta la vita quanto l'esotico bidet che troneggiava nella squallida camera da letto e la toilette confinata laggiù in fondo al corridoio male illuminato bastavano a definire l'abisso fra la cultura gallica e quella anglosassone. Io però ero rimasto all'hotel Washington solo per poco tempo. In capo a qualche giorno ero stato premurosamente sottratto a quella dimora da alcuni giovani amici americani di recente conoscenza, che mi avevano sistemato in un albergo a Montparnasse, ancora più fatiscente ma senz'altro più pittoresco, vicinissimo a Le Dôme e ad altri ritrovi letterari di chiara fama. Avevo solo venticinque anni, e la celebrità che mi aveva procurato il mio primo romanzo era decisamente limitata, visto che pochi americani residenti a Parigi avevano sentito parlare del mio libro, e meno ancora l'avevano letto. Così, con il trascorrere degli anni, l'hotel Washington era gradualmente scomparso dalla mia coscienza.

Ed eccolo riapparire, quella sera d'ottobre, mentre oltrepassavo la facciata di pietra grigia sotto una tenue pioggerella, e il ricordo di quel mio arrivo di tanti anni prima cominciò a pervadermi ed ebbi la sensazione di essere tornato, fatalmente, al punto di partenza. Rammento ora di aver pensato che quando sarei partito da Parigi alla volta di New York, il giorno dopo, sarebbe stato per sempre. Ero sconvolto dall'ineluttabilità con cui accettavo l'idea che mai più avrei rivisto la Francia né avrei ritrovato la lucidità che mi stava abbandonando con una velocità terribile.

Solo pochi giorni prima, avevo dovuto ammettere che soffrivo di una seria malattia di natura depressiva, e che mi stavo dibattendo impotente nei miei tentativi di tenerla a freno. Neppure la festosa occasione che mi aveva condotto in Francia riusciva a rallegrarmi. Fra le molteplici e temibili manifestazioni della malattia, sia fisiche sia psicologiche, uno dei sintomi più universalmente noti è l'insorgere di un senso di avversione per se stessi, una caduta dell'autostima, e io, a mano a mano che il malessere progrediva, ero stato colto da una sensazione crescente d'inutilità. Eppure, questa mia opaca malinconia era tanto più paradossale in quanto avevo intrapreso questo precipitoso viaggio di quattro giorni a Parigi per ricevere un premio che avrebbe dovuto ristabilire brillantemente il mio ego. Pochi mesi prima, infatti, avevo saputo di essere stato scelto per ricevere il Prix Mondial Cino del Duca, un riconoscimento assegnato annualmente a un artista o scienziato la cui opera riflette tematiche o principi di carattere «umanitario». Il premio era stato istituito in memoria di Cino del Duca, un immigrato italiano che aveva accumulato una fortuna negli anni intorno alla Seconda guerra mondiale prima curando la stampa e la distribuzione di riviste piuttosto dozzinali (soprattutto fumetti), poi estendendo i propri interessi a pubblicazioni di qualità e acquistando il quotidiano «Paris Jour». Aveva anche prodotto film ed era stato un importante proprietario di cavalli da corsa, attività quest'ultima a cui doveva la gioia di numerose vittorie sia in Francia sia all'estero. L'aspirazione a più elevate gratificazioni culturali aveva fatto di lui un rinomato filantropo, inducendolo fra l'altro a fondare una casa editrice che cominciò a pubblicare opere di un certo valore letterario (curiosamente, una delle proposte editoriali di Del Duca fu proprio *Un letto di tenebre*, il mio primo romanzo). Quando morì, nel 1967, la sua casa editrice Éditions Mondiales era diventata una componente rispettabile di un impero multiforme, ricco e prestigioso al punto di aver quasi completamente cancellato il ricordo delle sue origini «fumettesche»; fu allora che la vedova di Del Duca, Simone, decise di dar vita a una fondazione la cui principale funzione doveva essere l'assegnazione annuale del premio omonimo.

Il Prix Mondial Cino del Duca è riuscito ad acquisire grande credito in Francia (una nazione che nutre una simpatica infatuazione per premi e riconoscimenti) non solo per l'eclettismo e l'originalità dimostrati nella scelta degli assegnatari ma anche per la generosità del premio, che quell'anno ammontava a circa venticinquemila dollari. Fra i precedenti vincitori c'erano stati Konrad Lorenz, Alejo Carpentier, Jean Anouilh, Ignazio Silone, Andrej Sacharov, Jorge Luis Borges e un solo americano, Lewis Mumford. (Le femministe prendano nota: nessuna donna, finora.) Soprattutto in quanto americano, mi era difficile non sentirmi onorato dall'essere incluso in una lista del genere. Mentre il dare e il ricevere premi generalmente inducono in tutte le parti in causa morbosi accessi di falsa modestia, maldicenza, invidia e tormento, la mia opinione personale è che ricevere certi premi, sebbene non essenziale, può essere molto piacevole. E, per l'appunto, il Prix Cino del Duca costituiva per me un riconoscimento così francamente piacevole da far apparire fuori luogo qualsiasi complessa autoanalisi al riguardo, dunque accettai con gratitudine e scrissi in risposta che avrei soddisfatto senza difficoltà la ragionevole richiesta di presenziare alla cerimonia. In quel momento mi si profilava dinanzi un sereno viaggio di piacere, non un'andata e ritorno in fretta e furia. Se fossi stato in grado di prevedere l'andamento delle mie condizioni mentali mentre la data della cerimonia si avvicinava, non avrei neppure accettato il premio.

La depressione è una disfunzione emotiva così misteriosamente dolorosa ed elusiva nel suo modo di farsi conoscere all'Io, o perlomeno all'intelletto raziocinante, da rasentare la totale indescrivibilità. Per questo risulta quasi incomprensibile a chi non l'ha sperimentata nella sua forma estrema, anche se il cattivo umore, le «lune» che occasionalmente affliggono le persone e che tendono a venire associate alle generali difficoltà dell'esistenza di tutti i giorni sono così comuni da dare a molti individui almeno una vaga idea di cosa possa essere la malattia nella sua forma catastrofica. Io però, al tempo di cui scrivo, ero giunto ben al di là di tali familiari, tollerabili paturnie. A Parigi, ora lo so bene, mi ero trovato a uno stadio critico del decorso della malattia, minacciosamente a metà strada fra i vaghi turbamenti che l'avevano annunciata all'inizio dell'estate e l'epilogo quasi violento di dicembre, che avrebbe avuto come esito un ricovero in clinica. Più avanti cercherò di descrivere l'evoluzione di questo malessere dalle sue più remote origini fino al mio soggiorno in clinica e alla convalescenza, ma il viaggio a Parigi rimane per me particolarmente significativo.

Il giorno fissato per la cerimonia della premiazione, che avrebbe dovuto aver luogo a mezzodì ed essere seguita da un pranzo formale, mi svegliai a metà mattina nella mia stanza all'hotel Pont Royal notando fra me e me che mi sentivo abbastanza in forma, e comunicai la buona notizia a mia moglie Rose. Con l'aiuto di un blando tranquillante, l'Halcion, ero riuscito a sconfiggere l'insonnia e a prendermi qualche ora di riposo, perciò il morale era discreto. Sapevo però che questa pallida allegria era la solita effimera schiarita, poiché ero certo che entro il calar della sera sarei stato da cani. Ero arrivato al punto di poter controllare al dettaglio ogni singola fase delle mie condizioni nel loro deteriorarsi. Avevo accettato la malattia dopo molti mesi di rifiuto durante i quali, da principio, avevo attribuito il malessere, l'inquietudine e gli improvvisi attacchi d'ansia all'astinenza dall'alcol: a giugno di colpo avevo smesso di bere whiskey. Via via che il mio stato emotivo peggiorava, mi ero messo a leggere parecchio materiale sul tema della depressione, sia libri destinati a profani sia ben più ponderosi testi professionali, fra cui la bibbia della psichiatria, il DSM (*Diagnostic and Statistical Manual* della American Psychiatric Association). Per buona parte della mia vita mi sono sentito spinto, forse con poca saggezza, a diventare un autodidatta in medicina, e su vari argomenti di interesse medico ho accumulato una competenza magari da dilettante, ma senz'altro superiore alla media (e alla quale molti miei amici, certo non saggiamente, si sono spesso affidati), sicché fu motivo di grandissima sorpresa per me scoprire di essere di un'ignoranza pressoché totale riguardo alla depressione, che può considerarsi un problema di carattere medico serio quanto il diabete o il cancro. È molto probabile che, in qualità di soggetto depressivo latente, avessi sempre inconsciamente respinto o eluso una conoscenza approfondita in questo campo; sarebbe arrivata troppo vicino al nucleo della mia essenza psichica, perciò avevo accantonato l'argomento come un'aggiunta poco gradita al mio magazzino di informazioni.

In ogni caso, di recente avevo colmato questo vuoto grazie a vaste letture, condotte durante le poche ore in cui lo stato depressivo allentava la sua morsa quanto bastava per permettermi il lusso di concentrarmi, e così avevo appreso una serie di fatti al tempo stesso affascinanti e perturbanti, che tuttavia non potevano essermi di alcuna utilità pratica. La posizione più onesta assunta dalle autorità in materia si riassume nell'ammissione che certo un trattamento terapeutico della depressione non è cosa agevole. A differenza del diabete, poniamo, per il quale un intervento tempestivo sull'adattamento dell'organismo al glucosio può invertire in modo radicale un pericoloso processo in atto e ridurlo sotto controllo, la depressione nelle sue forme più avanzate non dispone di un rimedio così efficace: proprio la mancanza di mezzi adeguati ad alleviare la sofferenza è fra i problemi connessi alla malattia quello che mette a più dura prova chi ne è colpito ed è l'elemento discriminante che permette di classificarla a pieno titolo nella categoria delle patologie più gravi. Tranne in quelle forme di malattia che vengono dichiarate maligne o degenerative, ci si aspetta sempre che esista almeno *una* forma di trattamento e un successivo miglioramento, per mezzo di pillole, di una terapia fisica o tramite una dieta o ancora attraverso la chirurgia, con una prevedibile progressione che da un primo alleggerimento dei sintomi porti alla guarigione finale. Cosa spaventosa a dirsi, il profano che si trovi colpito da una grave forma di depressione, nel momento in cui si azzarda a dare un'occhiata a uno dei molti libri attualmente disponibili sul mercato, trova pagine e pagine di teorie e sintomatologie ma ben poco che si riferisca alla concreta possibilità di un recupero. C'è sì qualcuno che proclama di avere rimedi sicuri, ma si tratta di personaggi un po' troppo disinvolti se non in malafede. Tutto questo approda a una verità tanto essenziale quanto difficile da digerire, una verità che ritengo di dover comunicare proprio all'inizio della mia cronaca: la depressione rimane un grande mistero. Nel rivelare i suoi segreti alla scienza, è stata molto più avara di molti altri famosi mali che ci affliggono. Come mi disse un giorno uno psichiatra, con una certa schiettezza e una notevole capacità di analogia: «Se paragoniamo lo stato delle nostre conoscenze con la scoperta dell'America di Colombo, l'America ci è ancora ignota e noi siamo laggiù su quella piccola isola delle Bahamas».

Dalle mie letture avevo appreso, per esempio, che il mio caso aveva almeno un motivo d'interesse. La maggior parte delle persone che soffrono di questa malattia, infatti, i primi tempi si sentono particolarmente a terra al mattino, con il pernicioso risultato che non riescono neppure ad alzarsi dal letto; solo con il trascorrere della giornata cominciano a stare meglio. La mia situazione, invece, era l'esatto opposto. Mentre ero in grado di alzarmi e di vivere in modo quasi normale la prima parte della giornata, cominciavo ad avvertire il destarsi dei sintomi a metà del pomeriggio o appena più tardi: una tetraggine che si addensava dentro, un senso di paura e di alienazione e, soprattutto, un'angoscia soffocante. Ho l'impressione che sia del tutto indifferente che l'acme della sofferenza individuale sia collocata al mattino o alla sera: se questi stati di tormentosa semiparalisi sono simili fra loro, e probabilmente lo sono, la loro distribuzione all'interno della giornata diventa una questione piuttosto accademica. Sta di fatto che quella mattina, a Parigi, la mia personale inversione del classico ritmo quotidiano di comparsa dei sintomi mi consentì di procedere senza problemi, sentendomi più o meno padrone di me, alla volta del palazzo riccamente decorato, sulla *rive droite*, sede della Fondazione Cino del Duca. Qui, in un salone rococò, il premio mi venne consegnato al cospetto di una piccola folla di esponenti della cultura francese, e io potei pronunciare il mio discorso di accettazione con quello che mi parve un discreto aplomb, dichiarando che, se era mia intenzione donare gran parte della somma di denaro a vari istituti per la promozione della cooperazione franco-americana a fini sociali e umanitari, fra cui l'American Hospital di Neuilly, d'altra parte c'era pure un limite all'altruismo (scherzai), così mi auguravo di ottenere indulgenza se trattenevo per me una piccola porzione del totale.

Quello che non dissi, e che non era uno scherzo, era che la somma trattenuta sarebbe servita a pagare due biglietti sul Concorde per l'indomani stesso, in modo da tornare in tutta fretta con Rose negli Stati Uniti, dove alcuni giorni prima avevo preso appuntamento per una visita psichiatrica. Per una forma di riluttanza ad accettare il dato di fatto che la mia mente si stava dissolvendo, nelle settimane precedenti, nonostante lo stato di malessere fosse andato intensificandosi, avevo evitato di ricorrere all'aiuto di uno psichiatra. Ma sapevo che non avrei potuto continuare all'infinito a rimandare la cosa, e quando avevo finalmente preso contatto per telefono con un terapista di eccellenti referenze questi mi aveva incoraggiato a fare il mio viaggio a Parigi, dicendomi che mi avrebbe visitato appena fossi tornato. Così ora desideravo solo tornare, e presto. Benché fosse evidente che la mia situazione era più che seria, volevo mantenere un atteggiamento speranzoso: molta letteratura sul tema della depressione ostenta un disinvolto ottimismo e sparge a piene mani rassicurazioni sul fatto che quasi tutti gli stati depressivi possono arrestarsi o regredire purché si riesca a individuare l'antidepressivo appropriato; inutile dire che il lettore è facile preda di queste promesse di rapido rimedio. Quel giorno, a Parigi, perfino nel momento stesso in cui ero impegnato a parlare in pubblico, desideravo soltanto che la giornata passasse in fretta, e non vedevo l'ora di volare in America e precipitarmi nello studio di quel dottore che con le sue medicine miracolose avrebbe fatto piazza pulita di tutte le mie sofferenze. Ora ricordo con chiarezza quei momenti, e mi riesce quasi impossibile credere di aver nutrito una speranza così ingenua, o di aver potuto essere a tal punto inconsapevole del travaglio e del pericolo che mi aspettavano.

Simone del Duca, bruna, imponente, dal portamento regale, si mostrò prima comprensibilmente incredula e poi adirata quando, dopo la cerimonia di premiazione, le dissi che non potevo unirmi a lei per pranzare al piano superiore del grande palazzo, insieme con una dozzina circa di membri dell'Académie Française che avevano fatto parte della giuria. Il mio rifiuto fu deciso e accompagnato da una giustificazione quantomai assurda: le dissi che mi ero messo d'accordo per andare in un ristorante con la mia editrice francese Françoise Gallimard. Naturalmente, una decisione del genere da parte mia era offensiva; con mesi e mesi di anticipo ero stato informato con tutti gli altri interessati che tra i festeggiamenti del giorno era previsto un pranzo, e per di più in mio onore. In realtà il mio comportamento era il risultato della malattia, che ormai era progredita abbastanza da produrre alcuni dei suoi più famosi e sinistri contrassegni: confusione, difficoltà di concentrazione e perdita di memoria. In uno stadio successivo la mia mente sarebbe stata interamente in preda alle più anarchiche sconnessioni; ora, come ho già detto, prevaleva una sorta di biforcazione caratteriale: una certa lucidità nelle prime ore della giornata, tenebre crescenti di pomeriggio e di sera. Doveva essere stato mentre ero vittima di quella cieca confusione, la sera prima, che avevo preso appuntamento per pranzare con Françoise Gallimard scordandomi completamente i miei obblighi nei confronti della signora Del Duca. Quella decisione continuava ora a dominare in lungo e in largo i miei pensieri e creò in me una determinazione talmente ostinata da rendermi capace di insultare, sia pure in modo sfumato, la degnissima Simone del Duca. «*Alors!*» esclamò la signora, e il suo viso avvampò di rabbia mentre girava su se stessa in un solenne dietro front, «*Au... re-voir!*» Mi ritrovai di colpo a bocca aperta, pietrificato dall'orrore per quello che avevo fatto. Mi balenò dinanzi la visione di un tavolo al quale era andata a sedersi la padrona di casa, e insieme con lei i membri dell'Académie Française, ospiti d'onore a La Coupole. Implorai l'assistente di madame, una donna occhialuta con un bloc-notes e un'espressione terrea e mortificata, che mi aiutasse ad accomodare le cose: era tutto un terribile errore, un qui pro quo, un *malentendu*. E alla fine mi sfuggirono alcune parole, quelle che tutta una vita di equilibrio e una compiaciuta fiducia nell'inattaccabilità della mia salute psichica mi avevano sempre fatto credere impronunciabili; sentii me stesso dire a questa perfetta estranea: «Sono malato. *Un problème psychiatrique*». E rabbrividii.

Madame Del Duca accettò magnanima le mie scuse e il pranzo ebbe luogo senza ulteriori complicazioni, anche se io, mentre chiacchieravamo piuttosto impacciati, non riuscivo a liberarmi completamente dal sospetto che la mia benefattrice fosse tuttora infastidita dalla mia condotta e mi giudicasse un tipo bislacco. Il pranzo durò a lungo, e quando finì mi sentivo già sul limitare delle tenebre pomeridiane, con il loro dilagare di angoscia e terrore. Una troupe televisiva di un canale nazionale mi attendeva (mi ero dimenticato anche di loro), pronta a portarmi al Museo Picasso recentemente inaugurato, dove era previsto che io venissi ripreso mentre osservavo le opere esposte e scambiavo commenti con Rose. Come temevo, lungi dall'assomigliare a una simpatica passeggiata, tutto questo si rivelò un'ardua battaglia, una durissima prova. Quando arrivammo al museo, dopo aver affrontato un traffico terribile, erano le quattro passate e già cominciavo a percepire i sintomi ormai familiari del calvario a venire: panico, smarrimento e la sensazione che i miei pensieri fossero inghiottiti da una marea tossica e indefinibile che inibiva qualunque reazione di godimento agli stimoli del mondo vivente. In poche parole, invece del piacere (quantomeno del piacere che avrei dovuto provare di fronte alla vetrina sontuosa di questo genio abbacinante) avvertivo una sensazione simile al vero e proprio dolore, e tuttavia diversa in modo indescrivibile. A questo punto vorrei tornare di nuovo sulla natura elusiva di una malattia del genere. Non è un caso che abbia fatto qui capolino l'aggettivo «indescrivibile», poiché occorre dire che, se tale malessere si potesse descrivere, tanti fra gli sventurati colpiti da questo antico tormento sarebbero in grado di esprimere almeno in parte ai loro amici e ai loro cari (e anche ai loro medici) le proprie sofferenze, e forse riuscirebbero a suscitare quella comprensione che il più delle volte non trovano; non tanto perché vi sia scarsa solidarietà, quanto per l'incapacità di fondo, da parte delle persone sane, di rappresentarsi una forma di malessere così estranea all'esperienza quotidiana. Per quanto mi riguarda, la sofferenza che mi prende è una morsa simile all'annegamento o al soffocamento, ma anche queste immagini sono tutto sommato inadeguate. William James, che lottò contro la depressione per molti anni, rinuncia a darne una descrizione precisa, lasciando intendere che è un'impresa quasi impossibile, quando scrive nelle *Varie forme dell'esperienza religiosa*: «È un tormento vivo e concreto, una nevralgia psichica totalmente ignota alla vita normale».

La sofferenza continuò persistente durante il giro al museo e si sviluppò in crescendo nelle ore immediatamente successive, quando, tornato all'albergo, mi lasciai cadere sul letto e rimasi a fissare il soffitto, pressoché paralizzato e nella trance di un supremo sconforto. Parlo di trance perché il pensiero razionale, in quei momenti, era solito abbandonare la mia mente. Non riesco a trovare una definizione più appropriata per questa condizione, uno stato di indifesa ebetudine nella quale ogni percezione era soppiantata da quel «tormento vivo e concreto». E uno degli aspetti più insopportabili di questo «interludio» era l'impossibilità di prendere sonno. Come molte persone, avevo conservato l'abitudine di un sonnellino ristoratore nel tardo pomeriggio; purtroppo la rottura del normale ritmo sonno-veglia, com'è noto, è una devastante caratteristica della depressione; al danno della privazione di sonno, dalla quale ero afflitto ogni notte, veniva ad aggiungersi pure la beffa di questa insonnia pomeridiana, meno grave della prima ma in realtà più insopportabile perché colpiva proprio durante le ore in cui il travaglio era più intenso. Ormai non mi era concessa neppure una tregua di pochi minuti dalle mie pene ininterrotte. Mentre giacevo su quel letto con Rose seduta al fianco e intenta a leggere, ricordo chiaramente di aver pensato che i pomeriggi e le serate stavano peggiorando parecchio e che di sicuro questo episodio segnava il punto più basso. In qualche modo, però, riuscii a rimettermi in sesto per cenare, inutile dirlo, proprio con Françoise Gallimard, anche lei come Simone del Duca vittima del terribile contrattempo avvenuto all'ora di pranzo. C'era un tempo da lupi, un vento gelido e umido soffiava lungo i viali, e quando Rose e io c'incontrammo con Françoise, accompagnata dal figlio e da un amico, a La Lorraine, una sfavillante *brasserie* non lontano dall'Étoile, cadeva una pioggia torrenziale. Qualcuno della compagnia, intuendo le mie condizioni di spirito, si rammaricò per il brutto tempo, ma io ricordo di aver pensato che anche se fosse stata una di quelle sere calde, profumate e appassionate per le quali Parigi è celebre nel mondo, avrei comunque reagito come lo zombie che ero diventato. Il tempo della depressione non ha modulazioni, e la sua luce equivale sempre a un oscuramento parziale.

Così, proprio come uno zombie, a metà circa della cena persi l'assegno di venticinquemila dollari, il premio Del Duca. L'avevo infilato nella tasca interna della giacca: a un certo punto, mentre lasciavo vagare la mano oziosa, di colpo mi resi conto che era sparito. Avevo forse «voluto» perdere quel denaro? Era un po' che l'idea di essere indegno del premio mi stava tormentando e, siccome sono convinto che nella realtà possono verificarsi incidenti che perpetriamo inconsciamente a danno di noi stessi, pensai che quella era la volta buona: non si trattava di un semplice smarrimento ma di una forma di rifiuto, una conseguenza di quel disprezzo per me stesso (il primo segno distintivo della depressione) che mi aveva indotto a ritenere di non meritare il premio, anzi, di non meritare in realtà nessuno dei riconoscimenti che avevo ricevuto negli ultimi anni. Qualunque fosse la causa della sua scomparsa, l'assegno era sparito davvero, e questa perdita improvvisa coincideva a meraviglia con le altre assenze che presenziavano alla cena: totale assenza di appetito per il ricco *plateau des fruits de mer* davanti a me, assenza di qualsiasi inclinazione al riso, neppure forzato, e infine assenza quasi completa di parola. A questo punto la sofferenza, interiorizzandosi crudelmente, provocò in me una distrazione così totale da impedirmi di articolare parole che non fossero un rauco mormorio. Mi resi conto di avere gli occhi vitrei e che mi stavo esprimendo a monosillabi, e mi resi anche conto che i miei amici francesi stavano diventando penosamente consapevoli della mia situazione. Ormai era una scena da operetta: eravamo tutti chini sul pavimento alla ricerca del denaro scomparso. Proprio nel momento in cui accennavo ad andare via, il figlio di Françoise ritrovò l'assegno, scivolato chissà come fuori dalla mia tasca e finito sotto un tavolo vicino; così ci alzammo e uscimmo nella notte piovosa. E mentre viaggiavo in automobile mi ritrovai a pensare ad Albert Camus e a Romain Gary.

II

Al tempo in cui ero un giovane scrittore, ci fu un momento in cui Camus, forse più di qualunque altra figura letteraria contemporanea, cambiò radicalmente la mia visione della vita e della storia. Lessi il suo romanzo *Lo straniero* un po' più tardi di quanto avrei dovuto (avevo appena passato i trent'anni), ma dopo averlo terminato sentii dentro di me quella trafittura che si prova soltanto davanti a uno scrittore che ha davvero saputo sposare la passione morale con uno stile di grande bellezza e che con sguardo sicuro riesce a scuotere il lettore fino nell'anima. La solitudine cosmica di Meursault, l'eroe del romanzo, mi ossessionò a tal punto che quando cominciai a scrivere *Le confessioni di Nat Turner* mi sentii irresistibilmente indotto a riprendere l'artificio di Camus: far scorrere la storia dal punto di vista di un narratore isolato in una cella di prigione, nelle ore che precedono la sua esecuzione. C'era per me un legame spirituale fra la gelida solitudine di Meursault e la condizione di Nat Turner, il ribelle vissuto un secolo prima, come lui condannato e abbandonato da Dio e dagli uomini. Il saggio di Camus *Riflessioni sulla pena di morte* è un documento davvero unico, pervaso da una logica terribile e infuocata; neppure il più accanito sostenitore della pena di morte potrebbe restare impassibile di fronte a verità così scabrose espresse con tale ardore e tale precisione. Quanto a me, il mio modo di pensare fu modificato per sempre da quell'opera, che non soltanto mi costrinse a cambiare idea sulla pena di morte, convincendomi della sua sostanziale oscenità, ma si impose anche alla mia coscienza riguardo al più vasto problema della responsabilità personale. Camus fu una grande pulizia per il mio intelletto e mi liberò di molte idee stagnanti; attraverso il più sconvolgente pessimismo che mai mi fosse capitato di incontrare, ebbe l'effetto di risvegliarmi vergine di fronte all'enigmatica promessa della vita.

Il rammarico che ho sempre provato per non aver mai potuto incontrare Camus è accresciuto dal fatto che è mancato veramente poco perché l'evento si verificasse. Infatti, avevo progettato di conoscerlo nel 1960, quando, in occasione di un mio viaggio in Francia, lo scrittore Romain Gary mi avvertì per lettera che a Parigi stava combinando una cena alla quale Camus sarebbe stato presente. Gary, un uomo di straordinario talento che io allora conoscevo solo superficialmente e che in seguito divenne un carissimo amico, mi aveva informato che Camus, al quale era molto legato, aveva letto il mio *Un letto di tenebre* e gli era piaciuto; inutile dire che io ne ero stato oltremodo lusingato, e già immaginavo che quell'incontro sarebbe stato qualcosa di splendido. Ma ancor prima che arrivassi in Francia si era diffusa la spaventosa notizia dell'incidente automobilistico di Camus, e della sua morte all'età crudelmente prematura di quarantasei anni. Forse non mi era mai capitato di avvertire con tale intensità la perdita di una persona che non conoscevo. Su questa morte non mi stancavo di arrovellarmi. Benché Camus non fosse al volante dell'auto, doveva pur sapere che razza di spericolato fosse il guidatore, figlio del suo editore; c'era dunque nell'incidente una componente di imprudenza che faceva vagamente pensare a un suicidio, o perlomeno a un flirt con la morte, ed era inevitabile che le congetture sull'evento si richiamassero al tema del suicidio così com'era trattato nell'opera dello scrittore. Una delle più famose affermazioni del secolo in campo intellettuale si trova all'inizio del *Mito di Sisifo*: «Esiste un solo problema filosofico veramente serio, ed è il suicidio. Giudicare se la vita sia degna o no di essere vissuta significa rispondere all'interrogazione fondamentale della filosofia». La prima volta che la lessi rimasi sconcertato e continuai a esserlo per buona parte della lettura, poiché, a dispetto della logica e dell'eloquenza persuasiva, mi sfuggiva molto del libro, e mi ritrovavo ogni volta vanamente alle prese con l'ipotesi iniziale, incapace di affrontare il presupposto che ogni uomo debba trovarsi a sfiorare il desiderio di uccidersi. Un successivo romanzo breve, *La caduta*, destò in me un'ammirazione non esente da qualche riserva; la colpa e l'autocondanna del narratore-avvocato, che recita malinconico il suo monologo in un bar di Amsterdam, mi parvero un po' stridenti ed eccessive, ma al tempo di quella lettura non potevo ancora intuire che il suo comportamento ricordava molto da vicino quello di un uomo vittima della depressione. A tal punto ignoravo perfino l'esistenza di quella malattia.

Camus, mi disse Romain, aveva accennato di tanto in tanto al suo profondo sconforto e aveva parlato di suicidio. Lo dichiarava uno scherzo, ma era uno scherzo che sapeva di vino spunto e che turbava Romain profondamente. Non risultava però che avesse mai compiuto tentativi in tal senso, perciò forse non era casuale che, a dispetto del suo persistente tono di malinconia, al centro del *Mito di Sisifo* e del suo austero messaggio ci fosse comunque un senso di trionfo della vita sulla morte: benché assente ogni speranza, abbiamo il dovere di lottare per sopravvivere, e ci riusciamo, anche se quasi per miracolo. Soltanto dopo qualche anno mi resi conto che l'affermazione di Camus sul suicidio e il suo profondo interesse in genere per questo argomento potevano derivare tanto da una forma di persistente disturbo caratteriale quanto dalle sue opinioni in materia etica ed epistemologica. Gary tornò a discutere ampiamente con me le sue convinzioni sulla depressione di Camus nell'agosto del 1978: gli avevo messo a disposizione il mio *cottage* nel Connecticut e un fine settimana ero partito dalla mia residenza estiva di Martha's Vineyard per andare a trovarlo. Via via che parlavamo, sentivo che le supposizioni di Romain sulla gravità delle ricorrenti crisi di disperazione cui andava soggetto Camus si facevano sempre più verosimili e percepii che anche lui aveva cominciato a soffrire di depressione. Lui lo ammise senza problemi. Non si trattava di un malessere inabilitante, volle spiegarmi, e ancora gli riusciva di tenerlo sotto controllo, ma di tanto in tanto lo avvertiva, questo stato d'animo plumbeo e velenoso color verderame, così incongruo nel mezzo della lussureggiante estate del Connecticut. Romain, un ebreo russo nato in Lituania, mi era sempre parso pervaso da una certa malinconia esteuropea, dunque non era facile cogliere la differenza. In ogni caso, soffriva. Disse che in quei momenti riusciva a percepire almeno un barlume della cupa disperazione che gli era stata descritta da Camus.

Le condizioni di Gary erano ben poco alleviate dalla presenza di Jean Seberg, dalla quale aveva divorziato e che, per quanto ne sapevo, aveva smesso di frequentare da molto tempo. Il loro figlio Diego era andato a giocare a tennis in un campo vicino; fui sorpreso di vedere Jean con Romain, e altrettanto sorpreso (no, sconvolto e addolorato) dal suo aspetto: tutta la bionda, fragile e luminosa bellezza di un tempo era scomparsa sotto una maschera gonfia. Jean camminava come una sonnambula, parlava pochissimo e aveva lo sguardo inespressivo tipico di chi assume tranquillanti (o droghe, o entrambe le cose) al limite della catalessi. Compresi quanto affetto ancora li legava e fui commosso dalla sollecitudine tenera e paterna di lui. Romain mi disse che Jean era in cura per la stessa malattia che aveva colpito anche lui e fece qualche accenno a certi farmaci antidepressivi, ma nulla di tutto questo mi rimase particolarmente impresso né ebbe per me uno speciale significato. Ricordare quella mia indifferenza è importante perché dimostra senza ombra di dubbio l'incapacità di chi sta fuori di afferrare l'essenza della malattia. Prima la depressione di Camus, ora quella di Romain Gary e, naturalmente, quella di Jean: a dispetto della mia solidarietà, mi apparivano tutte dei malesseri astratti, e io, come la maggior parte di coloro che non hanno della malattia una conoscenza di prima mano, non avevo la più vaga idea della sua vera forma né della natura della sofferenza che tante vittime sperimentano mentre la mente procede nel suo terribile dissolvimento.

Quella sera di ottobre, a Parigi, mi resi conto che era un dissolvimento in cui ero entrato anch'io. E, mentre l'automobile mi riportava all'albergo, ebbi una rivelazione inequivocabile. Sembra che in molti casi di depressione, se non nella maggioranza, sia implicata una rottura del ciclo circadiano (l'insieme di ritmi metabolici e ghiandolari essenziali alla nostra vita di tutti i giorni); questo spiegherebbe la grave insonnia che spesso sopravviene e anche l'alternarsi, nel quadro sintomatico giornaliero, di momenti di maggiore malessere a momenti di sollievo. Il mio sollievo serale (una remissione dei sintomi incompleta ma rilevante, come il passaggio da un acquazzone torrenziale a una pioggerella lieve e costante) arrivava fra la cena e mezzanotte: allora la sofferenza si attenuava un poco e la mia mente diventava abbastanza lucida da potersi concentrare su argomenti che non fossero quel terremoto che stava sconvolgendo il mio sistema nervoso. Naturalmente durante il giorno non facevo che aspettare questa pausa, in cui talvolta mi sentivo in condizioni quasi normali, e quella sera nell'auto ero consapevole che una parvenza di lucidità e una certa capacità di formulare pensieri razionali stavano facendo ritorno. Peraltro, visto che questa capacità mi aveva indotto a ricordarmi di Camus e Romain Gary, trovai che i miei pensieri ricorrenti non erano molto consolanti.

Il ricordo di Jean Seberg mi riempiva di tristezza. Meno di un anno dopo il nostro incontro nel Connecticut, mentre si trovava a Parigi, Jean aveva preso un'overdose di pillole: l'avevano trovata morta in un'automobile parcheggiata in un vicolo cieco non lontano da un viale. Il suo corpo era rimasto lì diversi giorni. L'anno seguente Romain, mentre pranzavamo insieme alla Brasserie Lipp, mi aveva confidato che, nonostante le difficoltà del rapporto, la perdita di Jean aveva aggravato la sua depressione al punto di renderlo, in certi momenti, quasi un incapace. Eppure nemmeno allora ero stato in grado di comprendere la natura del suo tormento. Ricordavo che le mani gli tremavano e che, per quanto non si potesse definirlo il tipo del pensionato (era intorno ai sessantacinque anni), la sua voce aveva il suono affannoso della vecchiaia avanzata, un suono che, ora me ne rendevo conto, era o almeno poteva essere la voce della depressione; e anch'io, nella tempesta del maggior dolore, avevo cominciato a sviluppare quella voce che sapeva di decrepito. Non lo rividi più. Claude Gallimard, il padre di Françoise, mi raccontò che nel 1980, solo poche ore dopo un altro pranzo nel corso del quale la conversazione fra i due vecchi amici era stata frivola e tranquilla, perfino serena, in ogni caso non certo cupa, Romain Gary, due volte vincitore del Prix Goncourt (una volta sotto pseudonimo, essendosi preso allegramente gioco dei critici), eroe della repubblica, soldato valoroso e per questo insignito della Croix de Guerre, diplomatico, *bon vivant*, donnaiolo impenitente, era tornato nel suo appartamento in Rue du Bac e si era sparato un colpo in testa.

Fu proprio nel corso di queste riflessioni che, a un certo punto, l'insegna dell'hotel Washington mi balenò dinanzi agli occhi, riportandomi alla mente i ricordi di quel mio remoto arrivo nella città e insieme il pensiero improvviso e impietoso che non avrei mai più rivisto Parigi. Questa certezza mi impietrì e mi colmò di nuovo terrore, poiché i pensieri di morte che da tempo accompagnavano le mie crisi e mi spazzavano la mente come raffiche di vento gelido erano stati fino ad allora soltanto fantasmi informi del fato, quegli stessi fantasmi che popolano i pensieri di chi è preso nella morsa di una grande afflizione. La differenza ora stava nella profonda consapevolezza che l'indomani, quando il dolore fosse calato di nuovo su di me, o l'indomani ancora, ma certamente un giorno non troppo lontano, sarei stato costretto a concludere che la vita in verità non è degna di essere vissuta e finalmente a rispondere, almeno per quel che mi riguardava, all'interrogazione fondamentale della filosofia.

III

Per molti di coloro che conoscevano Abbie Hoffman anche superficialmente, come me, la sua morte nella primavera del 1989 fu un avvenimento doloroso. Aveva passato da poco i cinquant'anni, ed era troppo giovane e, almeno in apparenza, troppo vitale per finire in quel modo. Un senso di umiliazione e di orrore si accompagna ogni volta alla notizia di un suicidio, ma la morte di Abbie mi parve particolarmente crudele. L'avevo conosciuto nel 1968, nei giorni eroici e sfrenati della Convention democratica a Chicago, dove mi trovavo per scrivere un pezzo per la «New York Review of Books», e in seguito fui uno dei testimoni a difesa di Hoffman e dei suoi compagni nel processo che si tenne sempre a Chicago nel 1970. In mezzo alle follie bigotte e alle morbose perversioni dello stile di vita americano, il suo spirito clownesco era esilarante e risultava davvero difficile non ammirare il radicalismo, il brio e l'individualismo anarchico di quell'uomo. Mi dispiace di averlo visto così poco negli ultimi anni; la sua morte improvvisa mi ha lasciato dentro un vuoto particolare, quello che procura il suicidio. L'effetto è più sconvolgente perché c'è un rifiuto, un'impossibilità di accettare l'atto volontario di darsi la morte – rispetto a un decesso dovuto a incidente o a cause naturali – come se portasse un marchio infamante che in qualche misura sminuisce l'uomo e la sua natura.

Vidi in televisione il fratello di Abbie, sconvolto e devastato dal dolore: era impossibile non provare compassione per lui mentre si sforzava di contestare l'ipotesi del suicidio e insisteva a dire che Abbie era sempre stato un modesto consumatore di farmaci e che comunque mai avrebbe abbandonato in quel modo la sua famiglia. Tuttavia il medico legale confermò che Hoffman aveva preso l'equivalente di centocinquanta fenilbarbiturici. È naturale che le persone più vicine ai suicidi si ostinino tanto spesso a negare l'evidenza: il senso di colpa, il coinvolgimento personale – l'idea che si sarebbe potuto impedire il gesto fatale con alcune precauzioni, con un diverso comportamento – sono probabilmente inevitabili. Nondimeno la vittima – che si tolga la vita o tenti di farlo o anche solo ne esprima il proposito – a causa del rifiuto degli altri viene fatta passare ingiustamente come un malfattore.

Basti pensare al caso di Randall Jarrell, uno dei più raffinati poeti e critici della sua generazione, investito e ucciso da un'automobile una notte del 1965, vicino a Chapel Hill, nella Carolina del Nord. La presenza di Jarrell in quel particolare tratto di strada e a quell'ora così insolita era singolare e, poiché non mancavano indizi che egli si fosse lasciato deliberatamente investire dall'auto, la prima conclusione delle autorità inquirenti fu che la morte era dovuta a suicidio. Fra gli altri, anche «Newsweek» sostenne questa tesi, ma la vedova di Jarrell mandò una lettera di smentita alla rivista, a cui seguì un coro di proteste da parte di molti suoi amici e sostenitori, finché una commissione di medici legali stabilì che la morte era accidentale. Jarrell aveva sofferto di una fortissima depressione ed era stato ricoverato; solo pochi mesi prima della sua disavventura notturna, mentre si trovava ancora in ospedale, si era tagliato le vene dei polsi.

Chiunque abbia conosciuto i chiaroscuri della vita di Jarrell (incluse le violente fluttuazioni di umore e gli abissi di avvilimento) e chi inoltre conosca anche solo superficialmente i segnali di pericolo della depressione metterebbe seriamente in dubbio il verdetto dei medici legali. Ma lo stigma della morte per suicidio è per molti una macchia odiosa che esige di essere cancellata a ogni costo. (A più di vent'anni dalla sua morte, nel numero estivo di «The American Scholar» del 1986, un ex studente di Jarrell recensì una raccolta di lettere del poeta; l'articolo tuttavia non era tanto uno studio letterario o biografico quanto piuttosto un tentativo di esorcizzare l'orrendo fantasma del suicidio.)

È quasi certo che Randall Jarrell si sia tolto la vita. Non lo fece per codardia né per debolezza morale, ma perché era affetto da una depressione così devastante da impedirgli di sopportare più a lungo le sofferenze che gliene derivavano.

Questa ignoranza generalizzata sulla realtà della depressione è apparsa di recente in modo chiaro a proposito di Primo Levi, l'importante scrittore italiano sopravvissuto al lager di Auschwitz che nel 1987, all'età di sessantasette anni, si è tolto la vita a Torino gettandosi nella tromba delle scale. Avendo sperimentato la malattia in prima persona, il mio interessamento alla morte di Levi è stato particolarmente vivo; per questo quando, nell'autunno del 1988, ebbi l'occasione di leggere sul «New York Times» il resoconto di un simposio tenuto alla New York University e dedicato a questo autore e alla sua opera, all'inizio ne fui affascinato, alla fine inorridito. Secondo quanto riportato nell'articolo, molti dei partecipanti all'incontro (scrittori e studiosi di fama mondiale) sembravano sconcertati dal suicidio di Levi. Sconcertati e perfino delusi. Pareva quasi che quest'uomo che tutti loro avevano tanto ammirato e che tanta forza aveva dimostrato nei confronti dei nazisti, quest'uomo di coraggio e resistenza esemplari, alla fine, con il suicidio, avesse rivelato una fragilità, una debolezza di carattere inaccettabile. Di fronte al terribile assoluto dell'autodistruzione, la loro reazione era un misto di impotenza e (impossibile sbagliarsi) perfino di vergogna.

La mia irritazione di fronte a questo atteggiamento fu così forte che scrissi subito un breve pezzo per la pagina letteraria del «Times», basato su un'argomentazione estremamente lineare: le sofferenze causate da una grave depressione sono assolutamente inimmaginabili per coloro che ne sono immuni e l'impossibilità di tollerarle a lungo produce un gran numero di suicidi, la cui prevenzione continuerà a essere impedita finché mancherà una conoscenza generalizzata della natura di tali sofferenze. Con il benefico trascorrere del tempo, unica vera benedizione, e spesse volte con l'intervento medico e l'ospedalizzazione, la maggior parte delle persone sopravvive alla depressione. Ma la tragica schiera di coloro che sono indotti da questa malattia a distruggere la propria esistenza non dovrebbe essere oggetto di riprovazione più di quanto lo sono le vittime del cancro.

Avevo esposto i miei pensieri in modo frettoloso e istintivo, e la risposta del pubblico fu altrettanto istintiva... ed enorme. Parlare apertamente del suicidio e dell'impulso al suicidio non aveva richiesto da parte mia un'originalità o un coraggio particolari, ma evidentemente avevo sottovalutato il numero di persone per le quali l'argomento era sempre stato un tabù, qualcosa da tenere nascosto e di cui vergognarsi. Quella reazione travolgente mi fece comprendere che, senza volerlo, avevo contribuito ad aprire un varco per tutti coloro che erano ansiosi di uscire allo scoperto e proclamare che anche loro avevano sperimentato le sensazioni da me descritte. Fu l'unica volta in vita mia in cui mi resi conto che valeva davvero la pena di violare la mia privacy e renderla pubblica. E pensai che, sull'onda di questa reazione e avendo a disposizione la mia vicenda parigina come dettagliato esempio di ciò che accade nel corso della depressione, sarebbe stato utile tentare di compilare una breve cronistoria delle mie personali esperienze di depresso, per stabilire un modello di riferimento dal quale poter trarre qualche valida conclusione. Tengo a sottolineare che queste conclusioni si basano inevitabilmente su eventi accaduti a un solo uomo. Nell'esporre queste riflessioni, non pretendo affatto che i miei travagli personali costituiscano una rappresentazione verosimile di ciò che accade o può accadere ad altri. La depressione è decisamente troppo complessa, quanto a cause, sintomi e trattamenti, perché si possano trarre conclusioni categoriche dall'esperienza di un singolo individuo. Benché come malattia si renda riconoscibile per certe caratteristiche fisse, la depressione rende anche possibili parecchie manifestazioni del tutto individuali: io stesso sono rimasto sbalordito dal carattere bizzarro di certi fenomeni – mai riferiti da altri pazienti – che la malattia aveva ricamato nei contorti labirinti della mia mente.

La depressione affligge direttamente milioni di individui, e indirettamente tutti coloro che sono parenti o amici dei malati. Secondo le stime ufficiali, almeno un americano su dieci soffre di questa malattia. Dichiaratamente democratica come un poster di Norman Rockwell, colpisce senza fare distinzioni di età, razza, credo religioso e classe sociale, sebbene le donne siano soggetti notevolmente a più alto rischio rispetto agli uomini. L'elenco delle attività svolte da chi ne è colpito (stilisti, capitani di lungo corso, cuochi di sushi, ministri) è troppo lungo e noioso per essere qui riportato: basti dire che pochissime persone possono ritenersi assolutamente al sicuro dalla malattia, perlomeno nella sua forma più mite. D'altro canto, a dispetto dell'eclettismo della depressione, è stato dimostrato in modo abbastanza convincente che gli artisti (i poeti soprattutto) sono soggetti particolarmente esposti a questo male, che nelle manifestazioni più gravi conduce al suicidio più del venti per cento delle sue vittime. Basta citare alcuni di questi «caduti», tutti moderni, per mettere insieme una macabra lista di stelle di prima grandezza: Hart Crane, Vincent Van Gogh, Virginia Woolf, Arshile Gorky, Cesare Pavese, Romain Gary, Vachel Lindsay, Sylvia Plath, Henry de Montherlant, Mark Rothko, John Berryman, Jack London, Ernest Hemingway, William Inge, Diane Arbus, Tadeusz Borowski, Paul Celan, Anne Sexton, Sergej Esenin, Vladimir Majakovskij... e l'elenco non si ferma qui. (Si noti che il poeta russo Majakovskij, solo pochi anni prima di prendere la stessa strada, aveva avuto parole di aspra condanna per il suicidio del suo grande contemporaneo Esenin, il che dovrebbe suonare di monito per tutti coloro che ritengono di poter erigersi a giudice nei confronti dell'autodistruzione.) Pensando a questi uomini e a queste donne, condannati e splendidamente creativi, si è portati a soffermarsi sulla loro infanzia, il periodo in cui, a quanto sappiamo, i semi della malattia mettono radici; non potrebbe ognuno di loro aver avuto da bambino un presagio della labilità, di questa sottile fragilità, della sua psiche? E perché questi furono annientati, mentre altri, pur colpiti allo stesso modo, sopravvissero?

IV

Quando mi resi conto per la prima volta che la malattia mi aveva messo a terra, sentii fra l'altro il bisogno di formulare un'energica protesta contro la parola «depressione». La depressione, come molti sanno, venne originariamente definita con il termine «malinconia», una parola che in inglese compare nel 1303 e che viene usata più di una volta da Chaucer, il quale nell'adoperarla sembra perfettamente consapevole della sua sfumatura patologica. «Malinconia» sarebbe probabilmente ancor oggi un termine molto più adeguato ed evocativo per rendere l'idea degli aspetti più cupi della malattia, ma purtroppo fu soppiantata da una parola assai più vaga e piatta, usata indifferentemente per descrivere una fase di recessione economica o un abbassamento del livello del terreno, insomma una parola davvero banale per una malattia così grave. Lo scienziato generalmente considerato responsabile della diffusione di questo termine in epoca moderna è lo psichiatra Adolf Meyer, svizzero di nascita, della Johns Hopkins Medical School; certo è possibile che quest'uomo, peraltro oggetto di giusta venerazione, non avesse un orecchio abbastanza sensibile al più raffinato ritmo dell'inglese e pertanto non fosse consapevole del danno semantico che arrecava nel proporre l'uso del termine «depressione» per una malattia così violenta e terribile. In ogni caso, da oltre settantacinque anni questa parola scivola innocua come una lumaca fra le pieghe del linguaggio, lasciando dietro di sé solo una traccia sottile della sua intrinseca malignità e impedendo, proprio perché tanto insipida, una consapevolezza generale della tremenda intensità di questa malattia quando non è sotto controllo.

Dato che io stesso ne ho sofferto fino quasi a morire e ne sono uscito per raccontarne la storia, desidero schierarmi a favore di una definizione davvero incisiva. *Brainstorm* (tempesta mentale), per esempio, presenta lo svantaggio di essere già stata usata per designare scherzosamente lo stato di ispirazione intellettuale. Ma occorre muoversi in questa direzione. Se si dicesse che i disturbi emotivi di una persona si sono trasformati in una tempesta, in un autentico uragano cerebrale (in effetti spesso non c'è immagine più adeguata per descrivere lo stato patologico della depressione), anche i profani in materia mostrerebbero simpatia piuttosto che le generiche reazioni che la parola «depressione» provoca, con frasi di circostanza come: «E allora?», oppure: «Ti passerà, vedrai», o: «Abbiamo tutti le nostre giornate storte». L'espressione «collasso nervoso» sembra essere giustamente in declino perché suggerisce una certa fragilità di carattere. Dunque, pare proprio che siamo destinati a tenerci «depressione», finché non verrà ideato un nome migliore e più efficace.

La depressione in cui sprofondai non era di tipo maniacale, cioè quella che si presenta accompagnata da accessi di euforia e che si manifesta di solito in un periodo precoce della vita. Avevo già sessant'anni quando la malattia mi colpì la prima volta, e lo fece nella forma «unipolare», quella che trascina direttamente giù. Non saprò mai che cosa «causò» la mia depressione, e nessun altro potrà mai saperlo per quanto lo riguarda. Arrivare a questo genere di comprensione probabilmente si dimostrerà impossibile, data la complessa mescolanza di fattori chimici, comportamentali e genetici. Mi limiterò a dire che di norma nella genesi della depressione sono coinvolte diverse componenti, tre o quattro, se non di più, che si combinano fra loro in modo imperscrutabile. Ecco perché il più grosso errore che si può commettere quando ci si interroga sui motivi del suicidio è quello di credere che esista una sola e immediata risposta (o più risposte, strettamente legate).

L'inevitabile domanda: «Perché l'ha fatto?», conduce di solito a ipotesi stravaganti e per la maggior parte infondate. Le cause immediatamente addotte per spiegare la morte di Abbie Hoffman furono: la sua reazione a un incidente automobilistico, il fiasco del suo ultimo libro, la grave malattia della madre. Per Randall Jarrell si trattava invece del declino della sua carriera artistica, crudelmente sintetizzato da una violenta stroncatura e dall'angoscia che gli aveva procurato. Primo Levi, si disse, era esasperato dal dover prendersi cura della madre paralitica, che per il suo spirito era un fardello più gravoso dell'esperienza di Auschwitz. Certamente è possibile che ciascuno di questi fattori fosse una spina conficcata nel fianco dei tre uomini, la goccia che fa traboccare il vaso, e pertanto non vanno ignorati. Gran parte della gente, però, sopporta senza battere ciglio l'equivalente di un danno fisico, di una carriera in declino, di una brutta stroncatura e della malattia di un familiare. La stragrande maggioranza dei sopravvissuti di Auschwitz ha reagito abbastanza bene. Pur feriti e provati dalle ingiurie della vita, quasi tutti gli esseri umani proseguono faticosamente il loro cammino, invulnerabili alla depressione. Per scoprire il vero motivo che conduce alcuni e non altri nella spirale della malattia, bisogna spingersi al di là della crisi manifesta evitando di formulare ipotesi avventate.

La tempesta che mi trascinò in ospedale a dicembre era cominciata in giugno, sotto forma di una nuvola non più grande di un calice da vino. Sì, perché la nuvola (la crisi manifesta) aveva a che fare con l'alcol, una sostanza di cui abusavo ormai da quarant'anni. La dipendenza dall'alcol, talvolta letale, di moltissimi scrittori americani è ormai divenuta talmente leggendaria da lasciare dietro di sé un vero e proprio fiume di studi e di libri, e anch'io usavo l'alcol come una bacchetta magica che mi aprisse la dimensione dell'euforia e della creatività ed esaltasse l'immaginazione. Non sento il bisogno di scusarmi o di pentirmi per la mia confidenza con questo liquido confortante e spesso sublime, che in effetti ha dato un grande contributo al mio lavoro di scrittore. Peraltro, posso dire di non aver mai steso una riga sotto la diretta influenza dell'alcol; piuttosto l'usavo (spesso congiuntamente alla musica) come un mezzo per consentire alla mia mente immagini e visioni cui non si può accedere quando si è sobri. L'alcol era un fratello maggiore insostituibile per il mio intelletto, un amico del quale ogni giorno cercavo l'assistenza e che, lo comprendo solo ora, mi aiutava anche a calmare l'angoscia e il terrore incipiente che ero riuscito a tenere nascosti per tanto tempo nelle insondabili profondità del mio spirito.

Cosa accadde all'inizio dell'estate di cui sto parlando? Un tradimento. Fu perpetrato alle mie spalle all'improvviso, quasi da un giorno all'altro: non riuscii più a bere. Era come se il mio corpo si fosse ribellato e avesse cospirato di comune accordo con la mia mente per rifiutare un ristoro quotidiano che aveva accolto fino a quel momento con tanta buona grazia e del quale, forse, ormai non poteva più fare a meno. Molti bevitori in età avanzata hanno sperimentato questa improvvisa intolleranza. Sospetto che la crisi sia stata almeno in parte legata a problemi di metabolismo (il fegato si rivolta, grida: «Basta, basta!»), ma in ogni caso scoprii che anche una minima quantità di alcol, come un semplice sorso di vino, mi provocava nausea, uno stordimento terribile, la sensazione di sprofondare e infine una ripugnanza vera e propria. L'amico che un tempo mi confortava ora mi aveva abbandonato, ma non in modo graduale, con riluttanza, come dovrebbe fare un vero amico, bensì di colpo: mi aveva piantato in asso ed ero solo.

Non ero diventato astemio per scelta né per volontà: la situazione mi appariva sconcertante, ma anche traumatica, e faccio risalire lo stadio iniziale della mia depressione proprio a questo momento. Secondo logica, un uomo dovrebbe rallegrarsi oltre misura per il fatto che il suo corpo abbia abbandonato in modo così sbrigativo una sostanza che stava minandone la salute: era come se il mio organismo avesse generato una sorta di enzima «antiabuso» che ora mi avrebbe consentito di proseguire felicemente per la mia strada e fosse soddisfatto che un trucco della natura mi avesse salvato da una schiavitù dannosa. Invece cominciai a percepire un vago senso di malessere, come se nell'universo domestico nel quale mi ero trovato fino ad allora perfettamente a mio agio cominciasse a esserci qualcosa di storto, di assurdo. La depressione non è certo una reazione sconosciuta a chi smette di bere, ma generalmente in questi casi si mantiene entro limiti poco preoccupanti. Generalmente. Ma non bisogna mai dimenticare che la malattia varia enormemente da individuo a individuo.

All'inizio non credetti di dovermi mettere in allarme, dato che il cambiamento era quasi impercettibile. Ma non potei fare a meno di notare che le cose intorno a me tendevano certe volte ad assumere sfumature insolite: le ombre del tramonto sembravano più cupe, i risvegli mattutini meno allegri, le passeggiate in campagna non più così invoglianti e, soprattutto, c'era un momento nella mia giornata di lavoro, il tardo pomeriggio, in cui senza preavviso mi sentivo invadere da una strana ondata di angoscia mista a panico. La cosa durava pochi minuti ed era accompagnata da una sensazione fisica di nausea. In effetti, un malessere del genere era quantomeno allarmante. Nell'esporre in modo ordinato questi ricordi, mi rendo conto che avrei dovuto capire benissimo che mi trovavo già nella morsa di un disordine mentale, ma allora ero assolutamente ignorante in materia.

Quando riflettevo su questa curiosa alterazione della mia coscienza (la mia perplessità di fronte al fenomeno mi induceva a riflettere, perlomeno), davo per scontato che tutto derivasse in qualche modo dalla mia astinenza forzata dall'alcol. Il che, naturalmente, fino a un certo punto era vero. Ora però sono convinto che l'alcol mi giocò un brutto scherzo nel momento in cui ci dicemmo addio: benché questa sostanza, come tutti dovrebbero sapere, tenda ad avere effetti depressivi, durante la mia carriera di bevitore non mi aveva mai procurato crisi di depressione vera e propria, anzi aveva agito come uno scudo contro l'angoscia. Con la sua improvvisa scomparsa, il grande alleato che per tanto tempo aveva tenuto a bada i miei demoni lasciava loro via libera ed essi cominciavano a sciamare attraverso il subconscio: mi ritrovavo nudo, sul piano emotivo, vulnerabile come mai prima d'allora. Senza dubbio la depressione aveva covato in me per anni, aspettando il momento giusto per colpire. E ora mi trovavo al primo stadio della più cupa tempesta mentale, uno stadio premonitore, come il palpito di un lampo diffuso, quasi impercettibile.

Mi trovavo a Martha's Vineyard, dove ho trascorso buona parte della mia vita a partire dagli anni Sessanta. Quell'anno l'estate era particolarmente bella, ma io avevo cominciato a provare una certa indifferenza ai piaceri offerti dall'isola. Mi sentivo opaco, snervato, e soprattutto stranamente fragile, come se il mio corpo fosse diventato realmente debole e ipersensibile, e al tempo stesso in qualche modo disarticolato e goffo, privo della sua normale coordinazione. In breve tempo mi trovai afflitto da un'ipocondria diffusa. Non c'era nulla che fosse in completa sintonia con il mio Io corporeo: spasmi e dolori, talora intermittenti, spesso continui, sembravano presagire ogni sorta di atroci infermità. (In base a questi sintomi, si capisce come mai già nel XVII secolo – stando agli scritti dei medici dell'epoca, ma anche alle intuizioni di John Dryden e di altri – malinconia e ipocondria fossero messe in relazione. Spesso i due termini risultavano intercambiabili e tali rimasero fino al XIX secolo anche in scrittori così diversi fra loro come Walter Scott e le sorelle Brontë, che pure collegavano la malinconia alla preoccupazione per le malattie fisiche.) È facile vedere in che modo questa condizione fa parte dell'apparato di difesa della psiche: poiché rifiuta di accettare il proprio crescente deterioramento, la mente si sforza di convincere la coscienza che il vero problema sta nel corpo, nei suoi difetti in fondo quasi sempre rimediabili, e non in sé, nella mente preziosa e insostituibile.

Nel mio caso l'effetto d'insieme era decisamente preoccupante, contribuendo ad aumentare l'angoscia che ora non era mai del tutto assente nelle ore di veglia e ad alimentare un altro strano comportamento: una sconsiderata irrequietezza che mi impediva di restare fermo e sconcertava i miei familiari e gli amici. Sul finire dell'estate, durante un viaggio in aereo per New York, commisi l'errore di bere un whiskey e soda, il mio primo alcolico da mesi e mesi, che ebbe su di me un effetto immediato e disastroso, causandomi un senso di malessere e di rovina interiore così orribile che il giorno dopo mi precipitai da un medico di Manhattan per sottopormi a una serie di esami. Quando, dopo tre settimane di costosissimi test clinici a tecnologia avanzata, il dottore mi comunicò che ero perfettamente sano, sarebbe stato naturale da parte mia sentirmi soddisfatto, esaltato addirittura; e in effetti fui davvero felice per un giorno o due... finché non ricominciò quell'erosione quotidiana, quel misto di angoscia, agitazione, paura indefinita.

Ero tornato nella mia casa in Connecticut. Era ottobre, e non potrò mai dimenticare uno dei segni della malattia di allora: l'aria sinistra, quasi palpabile, che cominciò ad assumere ai miei occhi la vecchia casa di campagna che era stata mia amata dimora per trent'anni. Accadeva soprattutto nel tardo pomeriggio, quando il mio umore toccava invariabilmente il punto più basso. La luce evanescente del tramonto (sorella al famoso «declivio di luce» che a Emily Dickinson parlava di morte, di gelida estinzione), senza nulla della sua consueta bellezza autunnale, mi serrava nella morsa di un'oscurità soffocante. Mi domandavo com'era possibile che questo luogo amico, brulicante di tanti ricordi, di «Ragazzi e fanciulle» (è ancora la Dickinson), di «risa e sospiri e malizia, / e riccioli e morbide vesti», potesse sembrarmi ostile e minaccioso in modo così tangibile. Non ero affatto solo, in senso fisico. Come sempre, Rose era presente e ascoltava con infinita pazienza la litania dei miei lamenti. Eppure, mi sentivo immensamente e dolorosamente solo. Non riuscivo più a concentrarmi durante le ore del pomeriggio che per anni erano state le più produttive e l'atto stesso di scrivere divenne sempre più difficile, faticoso, fino a incepparsi e poi ad arrestarsi del tutto.

Arrivarono attacchi d'angoscia improvvisi e spaventosi. In una bella giornata di sole, mentre passeggiavo attraverso il bosco con il mio cane, udii il grido di uno stormo di oche canadesi che volava alto sopra gli alberi accesi dei colori delle foglie; il volo degli uccelli – un suono e una visione che normalmente mi avrebbero rallegrato – quel giorno mi inchiodò lì dov'ero, terrorizzato, indifeso, tremante, per la prima volta consapevole che non ero in preda ai meri spasimi dell'astinenza, ma a una grave malattia di cui ammettevo, ora, l'esistenza e il nome. Tornando a casa, non riuscivo a togliermi dalla mente quel verso di Baudelaire, emerso da un passato remotissimo, che da parecchi giorni attendeva dietro le quinte: «L'ala della follia mi ha sfiorato».

L'esigenza di noi moderni, forse comprensibile, di smussare gli spigoli più taglienti di molte malattie ereditate dal passato ci ha indotti a bandire certi vecchi termini un po' crudi come manicomio, ospizio, demenza, malinconia, matto, pazzia. Tuttavia è impossibile dubitare del fatto che la depressione, nella sua forma estrema, è pazzia. La pazzia è il risultato di un processo biochimico aberrante. Ormai si è stabilito con ragionevole certezza (superando la strenua resistenza opposta fino a non molto tempo fa da molti psichiatri) che tale forma di pazzia è indotta, per via chimica, dai neurotrasmettitori cerebrali ed è probabilmente il risultato di uno stress sistemico dell'organismo, che per cause ancora ignote provoca una deplezione di noradrenalina e serotonina, e al tempo stesso l'aumento di un ormone, il cortisolo. Con questi sconvolgimenti nei tessuti cerebrali, l'alternarsi di imbibizione e impoverimento, non c'è da meravigliarsi che la mente cominci a sentirsi provata, colpita, e che i processi di pensiero, intorbidati, registrino la stessa sofferenza di un organo in preda al parossismo. Talvolta, benché raramente, un cervello così disturbato arriva a concepire pensieri violenti nei riguardi degli altri; di solito, tuttavia, i depressi, con la mente penosamente ripiegata in se stessa, sono un pericolo solo per la propria incolumità. Il tipo di pazzia che chiamiamo depressione è, in linea generale, l'antitesi della violenza. È una tempesta, certo, ma una tempesta di tenebre. Per prima cosa compare un rallentamento, vicino alla paralisi, delle risposte agli stimoli, dovuto a un abbassamento prossimo a zero dell'energia psichica. Quindi la malattia finisce per coinvolgere direttamente il corpo, che si sente spossato, prosciugato.

Quell'autunno, mentre il malessere prendeva pieno possesso del mio organismo, cominciai a concepire l'idea che la mia mente fosse come uno di quei centralini telefonici di un tempo, un centralino che veniva gradualmente sommerso da un'inondazione: a uno a uno, i circuiti erano inghiottiti dall'acqua, con il risultato che alcune funzioni del corpo e quasi tutte quelle dell'istinto e dell'intelletto venivano lentamente disinnestate.

Esiste una tabella di riferimento, molto conosciuta, di alcune fra queste funzioni e dei loro guasti. Le mie si erano inceppate secondo lo schema, molte di esse seguendo il modello degli attacchi depressivi. Ricordo in modo particolare un fastidioso calo di voce: la voce subì una strana trasformazione e si fece flebile, affannosa e discontinua; un amico osservò, in seguito, che era la voce di un novantenne. Anche il desiderio sessuale, un lusso decisamente superfluo per un corpo in stato di emergenza, ebbe un collasso prematuro, come capita in quasi tutte le malattie gravi. Molti perdono del tutto l'appetito; il mio era relativamente normale, ma ormai mangiavo solo per tenermi in vita: il cibo, come qualsiasi altra cosa che rientrasse nella sfera delle sensazioni, mi era assolutamente indifferente. I disturbi vegetativi più spossanti, però, erano l'assenza di sonno e la completa mancanza di attività onirica.

Sfinimento e insonnia, combinati insieme, formano una tortura non comune. Le due o tre ore di sonno che riuscivo a racimolare nel corso di una notte erano sempre subordinate all'uso di un blando tranquillante, l'Halcion. Da qualche tempo numerosi esperti in psicofarmacologia hanno lanciato un grido d'allarme: la famiglia dei tranquillanti a base di benzodiazepina (fra cui Halcion, Valium e Ativan) può avere effetti depressivi fino all'instaurazione di una depressione grave. Più di due anni prima della mia crisi, un medico senza scrupoli mi aveva prescritto l'Ativan come sonnifero, sostenendo con disinvoltura che potevo prenderlo tranquillamente come un'aspirina. La bibbia dei farmaci, il *Physicians' Desk Reference*, mi rivelò in seguito che: a) la medicina che avevo assunto era tre volte più potente di quella normalmente prescritta; b) se ne sconsigliava l'assunzione per più di un mese di fila; c) andava usata con particolare cautela in soggetti della mia età. Nel periodo di cui sto parlando, per dormire non ricorrevo più all'Ativan ma ero diventato dipendente dall'Halcion e ne consumavo forti dosi. Probabilmente questo fattore ha dato un ulteriore impulso ai guai che mi sono poi piovuti addosso. Di sicuro dovrebbe costituire un monito per tante altre persone.

In ogni caso, le mie poche ore di sonno terminavano di solito verso le tre o le quattro del mattino, quando, gli occhi spalancati nell'abisso dell'oscurità, incredulo e convulso nella devastazione che stava consumando la mia mente, aspettavo l'alba, che di solito mi concedeva qualche momento di sonno agitato e senza sogni. Fu durante una di queste trance insonni, ne sono certo, che fui colto dalla consapevolezza (una rivelazione misteriosa e sconvolgente, paragonabile a quella di una verità metafisica rimasta a lungo nascosta) che questo stato di cose, se continuava così, mi sarebbe costato la vita. Doveva essere appena prima del mio viaggio a Parigi. La morte, come ho detto, era ormai una presenza quotidiana, e il suo soffio gelido mi sfiorava di continuo. Non avevo però una nozione precisa su come la mia fine sarebbe arrivata: insomma, riuscivo ancora a tenere a bada l'idea del suicidio. Ma chiaramente questa eventualità era dietro l'angolo, e ben presto me la sarei trovata di fronte.

Avevo cominciato a scoprire che misteriosamente, per vie lontanissime dalla normale esperienza, l'orrore grigio e brumoso della depressione arriva ad assumere la qualità della sofferenza fisica. Ma non si tratta di una sofferenza immediatamente identificabile, come quella di una gamba spezzata. Sarebbe più corretto dire che la disperazione, per una sorta di perverso inganno che la psiche ordisce ai danni del cervello malato che la ospita, finisce per assomigliare sempre più al diabolico tormento di trovarsi imprigionati in una stanza spaventosamente surriscaldata. Non c'è un alito di vento che dia sollievo alla calura, non c'è via di fuga da questa cella asfissiante: è del tutto naturale che la vittima cominci a pensare senza posa all'oblio.

V

Uno dei momenti più memorabili in *Madame Bovary* è la scena in cui l'eroina chiede aiuto al prete del paese. Tormentata dai sensi di colpa, sconvolta, terribilmente abbattuta, l'adultera Emma, già sulla strada che la condurrà al suicidio, fra mille tentennamenti cerca di avere dal sacerdote qualche consiglio per sfuggire alle sue miserie. Ma il prete, uno spirito semplice e non propriamente acuto, è capace solo di stiracchiarsi la tonaca sudicia, prendersela con i chierichetti e offrire vaghe banalità cristiane. Emma prosegue per la sua strada di silenziosi affanni, al di là di ogni umano o divino conforto.

Nella relazione con lo psichiatra che chiamerò dottor Gold e che cominciai a incontrare subito dopo il mio ritorno da Parigi, quando ormai la disperazione mi assediava con i suoi crudeli rintocchi giornalieri, mi sentivo un po' come Emma Bovary. Non mi era mai capitato, prima, di consultare un esperto in malattie mentali e mi sentivo a disagio, un po' sulla difensiva; la sofferenza si era fatta talmente acuta da farmi apparire alquanto improbabile che una conversazione con un altro mortale, per quanto competente, potesse alleviare le mie pene. Madame Bovary si era recata dal suo prete con la stessa dubbiosa titubanza. Eppure la nostra società è strutturata in modo tale che persone come il dottor Gold costituiscono l'autorità alla quale l'individuo in crisi deve rivolgersi. E questo non è neppure un gran male: il dottor Gold – altamente qualificato, specializzato a Yale – quantomeno costituisce un punto di riferimento al quale il paziente può rivolgere le sue ultime energie, ricevendone in cambio, se non speranza, almeno consolazione; infine lo psichiatra, accogliendo per cinquanta minuti gli sfoghi del malato, finisce se non altro per procurare qualche sollievo alla moglie. In ogni caso, benché non mi senta onestamente di mettere in dubbio l'efficacia potenziale della psicoterapia nelle prime manifestazioni della malattia o nelle sue forme più lievi, oppure anche nella fase che segue l'acme di una grossa crisi, sono convinto che la sua utilità nello stadio avanzato in cui mi trovavo io sia di fatto nulla. In realtà avevo consultato il dottor Gold perché mi prescrivesse degli psicofarmaci, che a quel punto, però, non mi furono di nessun aiuto.

Mi chiese se ero tentato dal suicidio, e io, con riluttanza, dovetti rispondere di sì. Non entrai nei dettagli (pareva non ce ne fosse bisogno), non gli dissi che in casa mia quasi tutto era diventato un potenziale congegno di autodistruzione: le travi dell'attico (e anche qualche acero in giardino) un mezzo per impiccarmi, il garage un locale per inalarsi monossido di carbonio, la vasca da bagno un recipiente per accogliere il fiume di sangue delle mie vene aperte. I coltelli da cucina, nei cassetti, avevano un solo scopo per me. Morire per un attacco di cuore appariva particolarmente invitante, dato che mi avrebbe sollevato da una responsabilità attiva, e mi ero più volte trastullato con l'idea di una polmonite che avrei potuto procurarmi, per esempio, con una lunga passeggiata nel bosco, in maniche di camicia, in una gelida giornata di pioggia. Non avevo neppure trascurato la possibilità di un incidente simulato, alla Randall Jarrell, che avrei potuto mettere in atto buttandomi sotto un camion nell'autostrada vicino casa. Questi pensieri, che possono sembrare macabri e grotteschi, uno scherzo di cattivo gusto, invece sono autentici. Non c'è dubbio che ripugneranno oltremodo agli americani sani, con tutta la loro fede nel progressivo miglioramento di se stessi. Eppure queste fantasie atroci, che fanno rabbrividire chi sta bene, sono per la mente gravemente depressa l'equivalente delle fantasie erotiche di una sessualità esuberante. Il dottor Gold e io cominciammo a incontrarci due volte alla settimana, ma in realtà c'era ben poco che riuscissi a dirgli, a parte tentare vanamente di descrivere la mia desolazione.

Neanche lui aveva granché da dirmi di significativo. Le sue non erano banalità cristiane ma affermazioni, peraltro inefficaci, prese direttamente dalle pagine del DSM (che in buona parte avevo già letto), e il conforto che mi offrì fu un farmaco antidepressivo, il Ludiomil. Quelle pillole mi rendevano nervoso, fastidiosamente iperattivo, e quando, dopo dieci giorni, la dose venne aumentata, una notte mi ritrovai per diverse ore con la vescica bloccata. Quando informai il dottor Gold di questo inconveniente, mi sentii rispondere che dovevano passare altri dieci giorni prima che quella sostanza terminasse di ripulire il mio sistema nervoso. Poi avremmo cominciato daccapo con una nuova medicina. Dieci giorni per un uomo sottoposto a torture del genere equivalgono a dieci secoli, senza contare che occorrono parecchie settimane prima che una nuova cura faccia il suo effetto, in ogni caso, tutt'altro che garantito.

A questo punto si impone un discorso sull'uso dei farmaci in generale. Alla psichiatria va riconosciuto il merito di condurre una battaglia instancabile per trovare un trattamento farmacologico della depressione. L'adozione del litio per stabilizzare le variazioni di umore nella depressione maniacale è un grande risultato per la medicina e ha dimostrato una discreta efficacia anche nella terapia preventiva di numerosi casi di depressione unipolare. Non c'è nessun dubbio che in molte forme leggere e in alcune forme croniche della malattia (le cosiddette depressioni endogene) le medicine si sono dimostrate preziosissime, spesso modificando in maniera radicale un quadro clinico preoccupante. Ma quanto alla depressione grave, fino al giorno in cui non sarà prodotta una sostanza ad azione rapida, la fiducia in un trattamento farmacologico deve rimanere limitata. L'incapacità di queste pillole di agire positivamente e in tempi brevi (è il difetto più comune) è in qualche modo analoga all'insuccesso sperimentato da quasi tutti i farmaci nei confronti delle infezioni batteriche massive, prima dell'adozione degli antibiotici come rimedio specifico. Il loro uso potrebbe anche rivelarsi un vero e proprio pericolo.

Così c'era ben poco da aspettarsi dalle mie conversazioni con il dottor Gold. Continuavamo a scambiarci in tono annoiato frasi banali, le mie, per di più proferite a fatica (il mio modo di parlare, ricalcando il mio modo di camminare, si era ridotto all'equivalente vocale di una zoppia).

A dispetto delle incertezze ancora esistenti a livello terapeutico, sul piano analitico e filosofico la psichiatria ha dato un grande contributo alla comprensione delle origini della depressione. Ovviamente c'è ancora molto da imparare (e il mistero non si dissolverà mai del tutto, data la natura idiopatica della malattia e la continua variabilità dei fattori scatenanti) ma è certo che almeno un elemento psicologico è stato individuato al di là di ogni ragionevole dubbio, ed è il concetto di perdita. La perdita, in tutte le sue manifestazioni, è la chiave di volta della depressione, sia nello sviluppo dell'affezione, sia nella genesi. In seguito sarei arrivato alla convinzione che all'origine della mia malattia doveva esserci una perdita devastante sperimentata nell'infanzia, e in verità, a mano a mano che passavo in rassegna a ritroso i miei stati mentali, avvertivo questa perdita dovunque. La perdita di autostima è un sintomo ben noto, e la mia autopercezione era quasi scomparsa, insieme con qualsiasi fiducia in me stesso. È una perdita che può degenerare rapidamente prima nella dipendenza e poi nella paura infantile: paura di perdere tutto, di perdere le persone che ci sono care.

Fra le immagini di quel periodo, la più bizzarra e sconvolgente rimane quella in cui mi vedo nei panni di un bambino di quattro anni e mezzo che al mercato segue passo passo la mia pazientissima moglie. Neppure per un istante potevo perdere di vista quella creatura dotata di infinita sopportazione, che per me era ormai diventata mamma, balia, consolatrice, confessore e, soprattutto, confidente: una fonte di consigli fondamentale nella mia esistenza, la cui saggezza andava ben oltre quella del dottor Gold. Forse si sarebbero evitati molti esiti disastrosi della depressione se i malati avessero ricevuto l'assistenza che mia moglie dedicava a me. Nel frattempo la perdita si estendeva e proliferava. Sicuramente, quando un uomo si avvicina al penultimo stadio della depressione, prima di cominciare a mettere in atto la scena del suicidio invece di restare a guardarla da spettatore, questo acuto senso di perdita si accompagna alla percezione che la propria vita stia scivolando via sempre più in fretta. Si sviluppano forme di attaccamento feroce: cose da nulla (gli occhiali per leggere, un fazzoletto, una matita o una penna) diventarono strumenti della mia possessività malsana. Mi bastava trovare uno di questi oggetti fuori posto perché mi lasciassi prendere da una costernazione tremenda, come se ciascuno di essi costituisse il ricordo tangibile di un mondo che presto sarebbe stato cancellato.

Arrivò novembre, livido, squallido, gelido. Una domenica ricevetti la visita di un fotografo e dei suoi assistenti; dovevano fare qualche foto per illustrare un articolo che sarebbe stato pubblicato su una rivista a diffusione nazionale. Ricordo ben poco di quell'occasione, a parte i primi fiocchi di neve che punteggiavano l'aria, fuori. Credo di avere obbedito al fotografo che mi chiedeva di sorridere. Dopo un giorno o due il direttore della rivista telefonò a mia moglie per sentire se ero disposto a fare un altro servizio: le mie foto, perfino quelle in cui apparivo sorridente, erano «troppo angosciose».

Ero arrivato a quello stadio della malattia in cui qualunque senso di speranza è svanito e, con esso, qualunque idea di futuro. Il mio cervello, alla mercé dei suoi ormoni impazziti, più che un organo del pensiero era diventato uno strumento per registrare, minuto per minuto, i diversi gradi della propria sofferenza. Se i risvegli mattutini erano brutti (vagavo quasi in letargo dopo un sonno artificiale), ancora peggiori erano i pomeriggi, che cominciavano verso le tre, quando sentivo l'orrore scendere sulla mia mente come un banco di nebbia velenosa, fino a costringermi a letto. E lì rimanevo anche sei ore, istupidito e praticamente paralizzato, fissando il soffitto e aspettando l'ora serale in cui, per ragioni misteriose, quella tortura si attenuava abbastanza da consentirmi di mandar giù qualcosa e di cercare, come un automa, un altro paio d'ore di sonno. Perché non ero ricoverato in un ospedale?

VI

Per anni avevo tenuto un quaderno (non proprio un diario, piuttosto una serie di appunti estemporanei senza un ordine preciso) e non avrei gradito troppo che finisse sotto gli occhi di un'altra persona. L'avevo nascosto in casa, in un posto sicuro. Non conteneva niente di scandaloso: le osservazioni erano molto meno intime, perverse e rivelatrici di quanto potrebbe far pensare il mio desiderio di non mostrarle ad altri. Nondimeno, era mia intenzione fare un uso professionale di quel volumetto, per poi distruggerlo prima del giorno ancora lontano in cui lo spettro della casa di riposo si fosse fatto più vicino. Così, a mano a mano che la mia malattia peggiorava, mi resi conto con un vago senso di nausea che la volta che avessi deciso di sbarazzarmi del quaderno sarebbe stata anche il momento in cui avrei deciso di porre fine alla mia vita. E una sera, all'inizio di dicembre, questo momento giunse.

Quel pomeriggio mi avevano portato in automobile (io non ero più in grado di guidare) nello studio del dottor Gold, che mi annunciò la sua decisione di cominciare a somministrarmi il Nardil, un antidepressivo. Non era un farmaco recente ma aveva il vantaggio di non causare ritenzione urinaria, a differenza degli altri due prodotti che mi aveva prescritto. Il Nardil presentava però degli inconvenienti: anzitutto non avrebbe fatto effetto prima di quattro-sei settimane (non potevo crederci), e in secondo luogo avrei dovuto seguire una certa dieta, per fortuna abbastanza epicurea (escludeva soltanto salsicce, formaggio, pâté de fois gras e cose del genere), per evitare una collisione fra enzimi incompatibili che avrebbe potuto provocare un colpo apoplettico. Inoltre, mi disse con naturalezza il dottor Gold, era probabile che il dosaggio ottimale di queste pillole producesse un effetto collaterale: l'impotenza. Fino a quel momento, benché alcuni aspetti della sua personalità già avessero suscitato in me qualche preoccupazione, non avevo mai pensato che il dottor Gold fosse totalmente privo di comprendonio; adesso non ne ero più molto sicuro. Mettendomi nei suoi panni mi chiesi se quest'uomo pensava seriamente che un seminvalido devastato ed esangue, che si trascinava sulle gambe e aveva il respiro affannoso di un vecchio, potesse svegliarsi al mattino dal suo sonno di Halcion voglioso di spassi carnali.

La seduta di quel giorno ebbe un'impronta così sconfortante che tornai a casa in uno stato particolarmente pietoso e cominciai a prepararmi per la sera. C'erano ospiti a cena, cosa che non mi spaventava né mi rallegrava particolarmente. Questa torpida indifferenza rivela un aspetto affascinante della patologia depressiva. Non parlo della ben nota soglia del dolore, ma di un fenomeno parallelo che si può definire come l'incapacità della psiche di assorbire dolore oltre un certo tempo. Nell'esperienza del dolore esistono situazioni in cui la certezza di un futuro sollievo spesso permette una capacità di sopportazione sovrumana. Noi impariamo a convivere con un dolore di varia intensità per un giorno o per periodi di tempo più lunghi e, il più delle volte, grazie a Dio, riusciamo in qualche modo a liberarcene. Quando siamo costretti a sopportare un grave disagio di natura fisica, il condizionamento che ci viene impartito fin dall'infanzia ci insegna a scendere a compromessi con le pretese del dolore, ad accettarlo, più o meno coraggiosamente, secondo il nostro personale grado di stoicismo, ma comunque ad accettarlo. Tranne nei casi di dolore terminale, esiste quasi sempre una forma di sollievo, e noi cerchiamo di concentrarci proprio su questa, che si tratti del sonno, del Tylenol, dell'ipnosi, di cambiare posizione, o anche, spessissimo, della capacità del nostro corpo di risanarsi da sé. Questa tregua viene da noi accolta come una naturale ricompensa per essere stati capaci, per un certo tempo, di fare buon viso a cattiva sorte e per aver sopportato valorosamente la sofferenza, costringendo le risorse del nostro ottimismo a soccorrerci anche in questo frangente.

Nella depressione questa fede nella liberazione, nella guarigione definitiva, è assente. La sofferenza è incessante, e tanto più intollerabile perché prevediamo che mai nessun rimedio ci sarà dato, che passi un giorno, un'ora, un mese o un minuto. Se un lieve sollievo ci soccorre, sappiamo che sarà solo temporaneo e altro tormento presto sopravverrà. Più ancora del dolore, è la disperazione a opprimere l'animo. In tal modo, anziché trarci dal disagio, dal malessere e dalla noia per portarci verso uno stato meno ingrato di relativo benessere, o addirittura di interesse, le nostre scelte quotidiane ci portano da un dolore all'altro. Neppure per un istante il depresso abbandona il suo letto di spine, ma vi resta abbarbicato dovunque vada. Questo provoca un fenomeno impressionante, che io, prendendo a prestito la terminologia militare, ho chiamato la situazione del «ferito che può camminare». Infatti, in qualunque altra grave patologia, un paziente immerso in una devastazione psicofisica del genere giacerebbe a letto, forse imbottito di sedativi e attaccato ai tubi e ai fili di una macchina che ne garantisce la sopravvivenza, ma quantomeno si troverebbe in una posizione di riposo e in ambiente isolato. La sua invalidità sarebbe legittima, fuori questione, e onorevolmente conquistata. Invece il depresso non ha questa opportunità e si ritrova costretto, come un ferito di guerra allo sbando, nelle situazioni sociali e familiari più intollerabili, dove, a dispetto dell'angoscia che divora la sua mente, deve ostentare più o meno l'aspetto che di solito ci si attende nella vita sociale normale. Deve sforzarsi di bofonchiare qualcosa, rispondere alle domande, assentire e accigliarsi con aria sagace e di tanto in tanto, Dio l'aiuti, perfino sorridere. Ma anche cercare di pronunciare qualche semplice parola è ogni volta una sofferenza spaventosa.

Quella sera di dicembre, per esempio, avrei potuto rimanere a letto come facevo di solito durante le ore peggiori della mia giornata oppure unirmi alla cena che mia moglie aveva organizzato al piano di sotto. L'idea di una scelta fra queste due possibilità era puramente accademica. Ciascuna delle due costituiva comunque una tortura, e se scelsi la cena non fu un merito da parte mia, bensì indifferenza verso qualcosa che sarebbe stato comunque orrendo. A tavola non riuscii quasi a parlare; d'altronde gli ospiti, tutti nostri buoni amici, erano al corrente delle mie condizioni e si fecero premura di ignorare il mio mutismo catatonico. Poi, dopo cena, mentre sedevo con loro in sala, provai all'improvviso una strana convulsione interiore che potrei descrivere solo come una disperazione al di là della disperazione. Arrivò senza alcun preavviso. Non pensavo che un'angoscia simile potesse esistere.

Mentre i miei amici chiacchieravano tranquillamente davanti al camino, io mi scusai e salii al piano di sopra, dove andai a prendere il quaderno dal nascondiglio segreto. Poi mi recai in cucina, e con assoluta lucidità, la lucidità di un uomo che sa di compiere un rito solenne, passai in rassegna le marche, tra le più reclamizzate, degli oggetti che avevo raccolto per disfarmi del diario: il rotolo appena acquistato di carta assorbente che aprii per avvolgervi il quaderno; il nastro adesivo con il quale fissai bene il pacchetto; la scatola vuota di cereali nella quale infilai tutto e che poi andai a ficcare ben dentro il bidone dell'immondizia che sarebbe stato vuotato la mattina dopo. Il fuoco l'avrebbe distrutto più in fretta, ma la spazzatura era un mezzo per annientare l'Io, più consono, come sempre, alla fertile autoumiliazione della malinconia. Sentivo il cuore battermi all'impazzata, come quello di un uomo davanti al plotone d'esecuzione, e sapevo di aver preso una decisione irreversibile.

Un fenomeno che molti depressi hanno notato è la sensazione di essere accompagnati da un secondo Io, una sorta di spettrale osservatore che, non partecipando alla follia del suo doppio, è in grado di spiare con spassionata curiosità il suo compagno che lotta contro il disastro imminente oppure decide di arrendersi. C'è qualcosa di teatrale in tutto questo e, durante i giorni successivi, mentre procedevo risoluto nei preparativi della mia fine, non potevo scuotermi di dosso una vaga sensazione di melodramma: sì, quello che si stava rappresentando era un melodramma in cui io, futura vittima del suicidio, ero al tempo stesso l'unico attore e l'unico spettatore in sala. Non avevo ancora scelto il modo della mia dipartita, ma sapevo che sarebbe giunta, e presto, inevitabile come il calar della notte.

Osservavo me stesso, affascinato e terrorizzato, via via che cominciavo a fare gli ultimi preparativi: una visita al mio avvocato che stava nella città vicina per la modifica del testamento, il maldestro tentativo (che mi prese due pomeriggi) di affidare ai posteri una lettera d'addio. Scoprii che mettere insieme una lettera del genere, atto che mi sembrava assolutamente imprescindibile, era il lavoro di scrittura più difficile che avessi mai affrontato. C'erano troppe persone da ricordare, da ringraziare, a cui lasciare un'ultima manifestazione d'affetto. E poi la lettera richiedeva un tono da cerimonia solenne che non riuscivo assolutamente a darle. C'era qualcosa di quasi comicamente offensivo nella pomposità di un'affermazione come: «Da qualche tempo percepisco nel mio lavoro una psicosi crescente, che è senza dubbio un riflesso dello stress psicotico che segna la mia vita» (questa è una delle poche righe che rammento con precisione); ma c'era anche qualcosa di degradante in un testamento spirituale, a cui avrei voluto infondere almeno dignità ed eloquenza, ridotto a una stracca sequela di scuse inadeguate e di giustificazioni non richieste. Avrei dovuto prendere a esempio il biglietto secco, di una sola riga, di Cesare Pavese, che al momento di andarsene scrisse semplicemente: «Perdono tutti e a tutti chiedo perdono. Va bene? Non fate troppi pettegolezzi».

Ma perfino una frase di così poche parole finì per sembrarmi troppo lunga, perciò strappai tutte le mie fatiche e decisi di andarmene in silenzio. Durante una notte di freddo pungente, quando mi resi conto che non sarei arrivato al giorno dopo, mi sedetti in sala, infagottato per difendermi dal gelo; era successo qualcosa al camino. Mia moglie era già andata a letto e io ero rimasto alzato, costringendomi a guardare un film in videocassetta nel quale una giovane attrice, che un tempo aveva recitato in una mia commedia, ricopriva una parte minore. L'azione era ambientata a Boston, alla fine dell'Ottocento. A un certo punto, mentre i personaggi camminavano lungo il corridoio di un conservatorio, da dietro le pareti (i musicisti non si vedevano) si librò all'improvviso nell'aria un brano della *Rapsodia per contralto* di Brahms.

Questo suono, che, come ogni forma di musica, anzi, di piacere, mi aveva lasciato indifferente per mesi e mesi, trafisse il mio cuore come un pugnale e all'istante una marea impetuosa di ricordi mi sommerse, tutte le gioie che quella casa aveva conosciuto: i bambini che avevano scorrazzato per le stanze, l'allegria, l'amore e il lavoro, il sonno della buona coscienza, le voci e i turbamenti, la perenne tribù di cani, gatti e uccelli, «risa e sospiri e malizia, / e riccioli e morbide vesti». Mi resi conto che tutto questo era più di quanto potessi mai abbandonare e che anche la mia decisione era più di quanto potessi infliggere a quei ricordi e alle persone a me vicine che vi erano legate. E con la stessa forza mi resi conto che non potevo commettere questo sacrilegio su me stesso. Facendo appello all'ultimo barlume di lucidità che ancora mi restava, mi accorsi dell'enormità terrificante dello stato in cui ero precipitato. Svegliai mia moglie, che corse a telefonare a chi di dovere. Il giorno seguente entravo in ospedale.

VII

Il dottor Gold, come medico curante, dovette sbrigare le formalità per il ricovero. Particolare curioso: una volta o due, nel corso delle nostre sedute, era capitato che io avanzassi timidamente l'ipotesi di un ricovero, e lui aveva sempre dichiarato che si trattava di un provvedimento da evitare a tutti i costi per il marchio che me ne sarebbe derivato. Un'opinione del genere mi parve allora, come oggi, decisamente assurda; avevo sempre creduto che la psichiatria avesse superato di molto la concezione secondo cui ogni aspetto della malattia mentale, compreso l'ospedale, costituisce un marchio. Questo rifugio, per quanto non si possa considerare un posto piacevole, è un servizio a cui possono rivolgersi i pazienti quando i farmaci, come nel mio caso, si rivelano inefficaci, un luogo in cui il trattamento del paziente può considerarsi un'estensione, in un ambiente diverso, della terapia che comincia in uno studio come quello del dottor Gold.

Certo è impossibile dire quale avrebbe potuto essere l'approccio al mio problema da parte di un altro medico, che forse avrebbe a sua volta scoraggiato la scelta del ricovero. Molti psichiatri, incapaci di comprendere la natura e l'intensità della sofferenza dei pazienti, si mantengono ostinatamente fedeli ai farmaci, nella convinzione che alla fine le pillole riusciranno a far qualcosa, il paziente risponderà in modo positivo e il cupo ambiente dell'ospedale verrà evitato. Con ogni evidenza il dottor Gold apparteneva a questa specie, ma nel mio caso si sbagliava, e sono convinto che il mio ricovero sarebbe dovuto avvenire già qualche settimana prima. Perché, in realtà, l'ospedale fu la mia salvezza e, per paradossale che sia, proprio in questo luogo austero, con le porte esterne ermeticamente serrate e lunghi, desolati corridoi verdi, con le sirene delle ambulanze che echeggiavano giorno e notte dieci piani sotto di me, trovai finalmente quella pace, quel sollievo alla tempesta del mio cervello che non ero riuscito a trovare nella quiete della mia casa di campagna.

In parte si deve proprio al fatto di essere segregati, al sicuro, trasferiti in un mondo nel quale l'impulso di prendere un coltello e piantarselo nel petto si vanifica allorché il depresso, per quanto ottenebrato, si accorge che il coltello con cui sta tagliando il suo orrendo hamburger è di plastica. Ma l'ospedale offre anche il trauma, mite e stranamente gratificante, di un'improvvisa stabilità, del trasferimento dall'ambiente troppo familiare di casa, dove tutto è angoscia e conflitto, a una sorta di carcere ordinato e benigno dove il tuo solo dovere è cercare di star bene. Per me i veri toccasana furono la solitudine e il tempo.

VIII

L'ospedale fu una tappa, un purgatorio. Quando ci entrai, la mia depressione appariva così grave che, secondo alcuni medici, ero candidato alla terapia elettroconvulsiva, meglio conosciuta come elettroshock. È un rimedio che è stato spesso efficace e che, una volta migliorato, è tornato in auge tanto da perdere molta dell'aura di tortura medievale che un tempo lo avvolgeva, ma rimane comunque una procedura drastica che si preferisce evitare. E io la evitai perché cominciai a stare meglio, gradualmente ma senza ricadute. Con grande stupore, le fantasie di autodistruzione scomparvero quasi del tutto pochi giorni dopo il ricovero, a ulteriore dimostrazione dell'effetto rasserenante che può avere l'ospedale e del suo immediato valore di santuario dove la mente può ritrovare la pace.

Prima di proseguire, tuttavia, sento il dovere di aggiungere un ultimo avvertimento riguardo all'Halcion. Sono convinto che questo tranquillante sia responsabile di avere quantomeno portato al parossismo i pensieri suicidi che si erano impadroniti di me prima del ricovero. Ne ebbi la prova nel colloquio con uno psichiatra dell'ospedale qualche ora dopo il mio arrivo. Quando mi chiese che farmaco prendevo di solito per dormire e con quale dosaggio, gli risposi che assumevo 0,75 mg di Halcion: si oscurò in viso e mi fece notare che era il triplo della dose normale, tanto più controindicata nel caso di un uomo della mia età. Provvide immediatamente a prescrivermi in sostituzione il Dalmane, un sonnifero parente dell'Halcion, ad azione più durevole e altrettanto efficace, e il risultato fu che, appena la cura cambiò, i miei pensieri suicidi scomparvero del tutto.

Di recente si sono avute molte prove che indicano l'Halcion (il nome del principio attivo è triazolam) come un fattore scatenante nella produzione di ossessioni suicide e di altre aberrazioni di pensiero in individui predisposti. A causa di queste reazioni, l'Halcion è stato categoricamente bandito in Olanda, e qui in America si dovrebbe almeno sottoporre la somministrazione a maggiore controllo. Non ricordo neppure una volta che il dottor Gold si sia posto il problema di quanto massicce fossero le dosi di Halcion che stavo prendendo; presumibilmente non aveva mai letto i dati allarmanti del *Physicians' Desk Reference*. Riconosco che aver assunto una dose così elevata di farmaci è stata una mia leggerezza, ma penso che in parte vada a carico di quel disinvolto dottore che anni prima aveva accompagnato la prescrizione dell'Ativan con l'assicurazione che avrei potuto, senza rischio, prendere tutte le pillole che volevo. C'è da rabbrividire al pensiero di quanti danni sta causando nel mondo la prescrizione indiscriminata di tranquillanti potenzialmente così pericolosi. Nel mio caso, va da sé, non si può attribuire tutto all'Halcion – mi ero già incamminato verso l'abisso –, ma sono convinto che senza quel farmaco non mi sarei indebolito fino a quel punto.

Il ricovero durò quasi sette settimane. Naturalmente il mio caso non è generalizzabile: la depressione, occorre insistere, è talmente ricca di varianti e di sfumature, insomma è così legata al sistema complessivo di stimoli e risposte di ogni singolo individuo, che ciò che è panacea per un paziente può rivelarsi una trappola per un altro. È certo però che l'ospedale (parlo di quelli seri, s'intende, e non sono pochi) non merita di essere associato a qualcosa di minaccioso e non andrebbe così spesso considerato l'ultima spiaggia in un trattamento terapeutico. L'ospedale non è un luogo di villeggiatura; quello nel quale fui ricoverato io (e godevo del privilegio di trovarmi in uno dei migliori del paese) possedeva lo squallore letargico che hanno tutti gli ospedali. Se si aggiunge che, allo stesso piano in cui stavo io, erano riuniti quattordici o quindici pazienti di mezza età, maschi e femmine, negli spasmi di una malinconia giunta alle soglie del suicidio, si può capire che l'ambiente non era dei più allegri. Per non parlare del cibo (da linea aerea di serie C) e dell'unica finestra sul mondo di cui potevo godere: *Dynasty*, programmi televisivi popolari e il telegiornale della CBS, che si vedevano la sera nella nuda stanza di ricreazione e grazie a cui qualche volta riuscivo a intendere che il luogo dove avevo trovato rifugio era un manicomio perlomeno più gentile e premuroso di quello che avevo lasciato.

A mano a mano che miglioravo, trovai parecchie distrazioni nella vita ospedaliera di tutti i giorni e nelle sue commedie istituzionalizzate. La terapia di gruppo, a quanto mi dicono, ha una certa efficacia; ora io non desidero mettere in discussione forme di cura che si sono dimostrate valide nel caso di altre persone, ma per quanto riguarda me la terapia di gruppo ebbe solo l'effetto di irritarmi, forse perché era tenuta da un giovane psichiatra insopportabilmente compiaciuto di sé, con una barba nera a spazzola (*der junge Freud*?), che nel tentativo di farci sputare con le buone o con le cattive i semi delle nostre sventure si prese la soddisfazione di ridurre in lacrime una o due delle pazienti, già così sconsolate, in vestaglia e bigodini. (Definirei peraltro esemplare l'atteggiamento di tutti gli altri medici, persone piene di tatto e comprensione.) In ospedale il tempo scorre lentamente, e il massimo che posso dire della terapia di gruppo è che mi aiutò a impegnare qualche ora.

Lo stesso vale per la terapia artistica, che è una forma di infantilismo elevato a sistema. L'insegnante era una giovane donna delirante, con il sorriso stampato in faccia, che doveva aver seguito un corso d'insegnamento di attività artistica per malati di mente, perché neppure la maestra di una classe di bambini ritardati si sarebbe mai sognata di propinare una simile sinfonia di risatine e squittii se non fosse stata istruita per questo. Svolgendo lunghi rotoli di carta da parati, ci invitava a prendere i pastelli e a illustrare temi scelti da noi stessi, per esempio: la mia casa. Umiliato e furibondo, la prima volta eseguii l'ordine disegnando un quadrato con una porta, quattro finestre strabiche e un camino in cima, da cui usciva una spirale di fumo. La ragazza mi coprì di elogi. Così, via via che le settimane passavano e la mia salute migliorava, anche il mio senso dell'umorismo cominciò a fare progressi. Modellare la creta e colorarla mi divertiva molto e la mia prima scultura fu un orripilante teschietto verde dai denti scoperti che l'insegnante definì una splendida rappresentazione della mia depressione. Da quel momento procedetti attraverso stadi intermedi di convalescenza fino ad arrivare alla creazione di una testa rosea e angelica che esibiva un sorriso pieno di letizia. L'opera fu terminata poco prima che fossi dimesso e questo fatto rese davvero felice la mia maestra (che, mio malgrado, cominciava a diventarmi simpatica), poiché, come si premurò di dirmi, la testa di creta simboleggiava la mia guarigione e costituiva pertanto l'ennesimo esempio di trionfo della terapia artistica sulla malattia mentale.

Eravamo ormai ai primi di febbraio e, benché fossi ancora un po' scosso, mi rendevo conto di essere riemerso alla luce. Non mi sentivo più un guscio vuoto ma un corpo, e alcuni dei succhi vitali di questo corpo avevano cominciato a scorrere di nuovo. Avevo avuto il mio primo sogno dopo mesi, confuso ma tuttora vivo nella mia mente: c'era un flauto da qualche parte, e un'oca selvatica, e una ragazza che danzava.

IX

La stragrande maggioranza delle persone che passano attraverso la depressione, anche la più grave, sopravvivono, e la loro esistenza successiva non è diversa da quella di chi non ha mai avuto problemi di questo tipo. A parte alcuni ricordi dolorosi, la depressione acuta lascia poche cicatrici permanenti. Peraltro, come per una sorta di tormento di Sisifo, una buona metà di coloro che ne hanno subito la devastazione sono destinati a esserne ancora vittime: la depressione è una malattia ricorrente. I più sopravvivono anche a queste ricadute, e spesso riescono a cavarsela meglio proprio grazie all'esperienza accumulata in precedenza. È molto importante che coloro che patiscono per la prima volta una crisi depressiva vengano informati, convinti anzi, che la malattia seguirà il suo corso e alla fine guariranno. Non è un compito facile, questo. Gridare dalla spiaggia a qualcuno che sta annegando: «Forza! Dai che ce la fai!» è quasi una beffa, eppure è stato dimostrato in molte occasioni che, se gli incoraggiamenti sono ripetuti senza demordere e se l'assistenza psicologica è svolta con il giusto equilibrio fra impegno e passione, il paziente può quasi sempre essere salvato. Molti, nella morsa della depressione più spaventosa, si trovano, quale che sia la ragione, in uno stato di disperazione inverosimile, straziati da sofferenze spropositate e minacciati da pericoli mortali che non hanno riscontro nella realtà. A chi è loro amico, li ama e li stima è richiesta una devozione quasi religiosa per persuaderli del valore dell'esistenza, che tanto spesso si scontra con l'autodenigrazione che essi perseguono. Questa devozione in innumerevoli casi ha impedito un suicidio.

Poco dopo il mio ricovero in ospedale mi capitò di domandarmi per la prima volta seriamente perché mai mi avesse colpito una calamità del genere. La letteratura psichiatrica sulla depressione è sconfinata, e sulle origini della malattia proliferano teorie numerose quanto quelle sull'estinzione dei dinosauri o sulla genesi dei buchi neri. Questa profusione di ipotesi testimonia il mistero quasi impenetrabile che circonda la malattia. Quanto al primo scatenarsi di quella che ho definito crisi manifesta, è possibile che io mi ritenga soddisfatto dall'idea che all'origine di tutto ci sia stato il mio brusco rifiuto dell'alcol? Non ci sono altre spiegazioni possibili, come per esempio il dettaglio che la mia crisi coincise all'incirca con il compimento del sessantesimo anno d'età, questa pesante pietra miliare sulla via che conduce alla morte? E non può essere che una vaga insoddisfazione per come procedeva il mio lavoro (quell'inerzia in cui cadevo di tanto in tanto durante la mia attività di scrittore e che mi rendeva scontento e intrattabile...) in quel periodo mi assillasse più del solito, finendo per esasperare i problemi che già avevo con l'alcol? Domande senza risposta, forse.

In ogni caso tutto ciò m'interessa meno della ricerca delle cause primarie, remote, della malattia. Quali sono gli eventi dimenticati o rimossi che possono suggerire una spiegazione ultima dell'evoluzione della depressione e del suo sfociare nella follia? Prima dell'insorgere della mia malattia, non avevo mai preso seriamente in considerazione le possibili connessioni fra il mio lavoro e il subconscio, un campo di ricerca che appartiene agli investigatori letterari. Dopo la mia guarigione, quando fui di nuovo in grado di riflettere sul passato alla luce di quanto mi era accaduto, cominciò ad apparirmi chiaro che la depressione era stata più volte sul punto di fare irruzione nella mia vita già da molti anni. Il suicidio, a ben vedere, era un tema ricorrente nei miei libri, e tre dei miei personaggi principali si toglievano la vita. Rileggendo, a distanza di tempo, alcuni brani dei miei romanzi, per esempio certi passi in cui le mie eroine scivolavano nei sentieri della rovina, ero stupefatto nel vedere con quanta accuratezza avevo creato il panorama desolato della depressione nella mente di queste giovani donne, descrivendo con una precisione che poteva venire solo dall'istinto, da un subconscio già offuscato da gravi oscillazioni d'umore, lo squilibrio psichico che le portava lentamente alla distruzione. Così la depressione, quando finalmente si impossessò di me, non era in realtà né una sconosciuta né una visitatrice del tutto inattesa: da decenni bussava alla mia porta.

Ormai sono convinto che quello stato morboso veniva da molto lontano: da mio padre, che combatté questa Gorgone per buona parte della sua vita e che aveva subito un ricovero quando io ero ancora un bambino, dopo essere sceso lungo i gradini di una spirale depressiva che, a guardarla in retrospettiva, già presagiva la mia. I fattori ereditari nella depressione sembrano ormai incontrovertibili. Per quanto mi riguarda sono però convinto che una concausa ancora più importante fu la morte di mia madre, avvenuta quando avevo tredici anni. Questo dolore precoce – la morte di un genitore, durante la pubertà o appena prima – ricorre di frequente nella letteratura sulla depressione ed è considerato un trauma non di rado capace di creare una devastazione quasi irreparabile a livello emotivo. Il danno è più evidente quando il ragazzo è colpito da un «lutto incompleto», cioè quando non riesce a raggiungere la catarsi e si trascina dietro per anni il fardello terribile di un dolore trattenuto in cui confluiscono ira e senso di colpa, tutti germi potenziali di autodistruzione.

Howard I. Kushner, che non è uno psichiatra ma un esperto di storia sociale, in un libro davvero illuminante sul suicidio, *Self-destruction in the Promised Land*, espone argomenti molto convincenti a favore della teoria del lutto incompleto, e porta a esempio il caso di Abraham Lincoln. Mentre le cupe malinconie di Lincoln sono leggenda, pochi sanno che in gioventù il futuro presidente espresse intenzioni suicide e che più di una volta cercò di metterle in atto. A quanto pare c'è uno stretto legame con la morte della madre, Nancy Hanks, avvenuta quando il ragazzo aveva nove anni, e con il dolore inespresso che si acuì dieci anni dopo in occasione della morte della sorella. Traendo le debite deduzioni dalla cronistoria del laborioso successo di Lincoln nella battaglia contro il suicidio, Kushner si vale di questo caso per dimostrare la sua tesi: la perdita prematura di un genitore può non solo provocare manifestazioni autodistruttive, ma anche avere lo sbocco positivo di una strategia con cui lottare efficacemente contro il senso di colpa e la rabbia e sconfiggere le fantasie suicide. Questa sorta di riconciliazione interiore può forse essere collegata con l'aspirazione all'immortalità: nel caso di Lincoln e di uno scrittore, vincere la morte con opere ammirate dai posteri.

Io credo che la teoria del lutto incompleto sia valida e che, quando qualcuno è trascinato nelle profondità abissali delle fantasie suicide, immerso in un tremendo senso di perdita, continua nel contempo a lottare contro la propria devastazione interiore. Allora è possibile che io sia riuscito a evitare la morte per una sorta di tardivo omaggio a mia madre. Infatti, nelle ultime ore che hanno preceduto il tempo del riscatto, quando ascoltai il brano della *Rapsodia per contralto* di Brahms che un tempo le avevo sentito cantare, avevo pensato molto a lei.

X

Verso la fine di uno dei primi film di Ingmar Bergman, *Come in uno specchio*, una giovane donna stretta nell'abbraccio della depressione ha un'allucinazione terrificante. Proprio mentre anela a una trascendente e salvifica visione di Dio, vede invece la sagoma fremente di un ragno mostruoso che cerca di stuprarla. È un attimo di orrore e di bruciante verità; eppure, anche in questa immagine si sente che Bergman (che ha sofferto molto di depressione) nella sua arte, pur grandissima, è in qualche modo rimasto al di sotto di una resa davvero realistica della fantasmagoria spaventosa di una mente sconvolta. Fin dall'antichità (si pensi al lamento tormentoso di Giobbe, ai cori di Eschilo e Sofocle) gli indagatori dello spirito umano hanno lottato per creare un vocabolario in grado di dare espressione adeguata alla desolazione della malinconia. Il tema della depressione corre come un doloroso filo rosso lungo tutta la storia della letteratura e delle arti: dal monologo di Amleto ai versi di Emily Dickinson e di Gerard Manley Hopkins, da John Donne a Hawthorne, a Dostoevskij, a Poe, a Camus, a Conrad e a Virginia Woolf. In molte incisioni di Dürer troviamo la straziante rappresentazione della malinconia dell'autore; i capolavori tumultuosi e maniacali di Van Gogh anticipano il precipitare dell'artista nel pozzo senza fondo della follia e verso l'autodistruzione. La sofferenza sovente si insinua nella musica di Beethoven, di Schumann e di Mahler e permea di sé le più cupe cantate di Bach. È tuttavia in Dante che troviamo la più potente metafora di questo abisso incommensurabile, e i suoi versi fin troppo noti colpiscono l'immaginazione, con il presagio di una battaglia oscura e misteriosa:

Nel mezzo del cammin di nostra vita
Mi ritrovai per una selva oscura
Ché la diritta via era smarrita.

Si può esser certi che più di una volta queste parole sono state adoperate per evocare le devastazioni della malinconia, ma il loro cupo tono premonitore ha messo in ombra troppo spesso gli ultimi versi della cantica più celebre della *Commedia* e il loro appello di speranza. Per molti di coloro che l'hanno sperimentato, l'orrore della depressione è così soverchiante da non potersi esprimere, di qui il senso di frustrazione e inadeguatezza che troviamo nelle opere di artisti anche grandissimi. Non c'è dubbio però che, sia nella scienza sia nell'arte, continuerà incessante la ricerca di una chiara espressione del suo significato, che a volte, a coloro che l'hanno conosciuto, appare il simulacro di tutti i mali del mondo: il caos e le discordie quotidiane, la nostra irrazionalità, la guerra e la criminalità, la violenza e la tortura, la nostra attrazione-repulsione per la morte, tenuta in un equilibrio intollerabile dalla storia. Se nelle nostre vite non ci fossero altri pensieri e immagini che questi, desidereremmo morire, e forse lo meriteremmo anche: se la depressione non potesse aver fine, il suicidio sarebbe davvero l'unico rimedio. Ma non occorre l'ispirazione o la menzogna per dire che la depressione non è annullamento dell'anima: tutti gli uomini e le donne che hanno superato la malattia sono testimoni che esiste una via di salvezza e che è possibile imboccarla.

Per coloro che si sono perduti nella selva oscura e hanno conosciuto l'indicibile agonia, il ritorno dall'abisso è paragonabile all'ascesa del poeta, che procede passo dopo passo sempre più su, lasciandosi alle spalle le tenebrose profondità dell'inferno e alla fine emergendo «nel chiaro mondo». Tutti coloro che hanno ritrovato la salute hanno quasi sempre ritrovato anche la capacità di essere sereni e felici, un compenso sufficiente per avere affrontato gli spettri di una disperazione al di là di ogni disperazione.

E quindi uscimmo a riveder le stelle.

Una mattina in Virginia

Tre storie della giovinezza

A Carlos Fuentes

La lunga abitudine a vivere non ci dispone a morire

SIR THOMAS BROWNE, *Urn Burial*

Nota dell'autore

Questi racconti rispecchiano le esperienze dell'autore all'età di venti, dieci e tredici anni. Sono una ricostruzione fantastica di avvenimenti reali, collegati l'uno all'altro da una catena di ricordi.

Questi ricordi ruotano attorno a un unico luogo – la Tidewater Virginia degli anni Trenta, una regione occupata nei preparativi per la guerra. Non la sonnolenta Vecchia Virginia della leggenda, ma la componente attiva di un Nuovo Sud intraprendente, dove l'industria pesante e la presenza dell'esercito avevano cominciato a intaccare uno stile di vita pastorale.

Paradossalmente quell'ingerenza contribuì senza dubbio a far sì che molti degli abitanti, bianchi e neri, potessero sopravvivere ai peggiori effetti della Grande Depressione.

Love Day

Il primo d'aprile del 1945 (che coincideva con la domenica di Pasqua), la Seconda Divisione dei marines, nella quale Doug Stiles e io eravamo comandanti di plotone, mosse all'attacco della costa sudorientale di Okinawa. In realtà era un attacco simulato, e la cosa creò dei problemi. Il giorno stesso, la Prima e la Sesta Divisione dei marines, insieme con due divisioni dell'esercito, sbarcarono in un punto delle coste dell'isola, noto come le spiagge di Hagushi, dove in quella limpida e dolce mattina di primavera non incontrarono alcuna resistenza. Okinawa era l'ultimo gradino prima del territorio giapponese vero e proprio. Fu di gran lunga la più spettacolare delle invasioni dopo lo sbarco in Normandia, e l'operazione più impegnativa di tutta la guerra nel Pacifico. Sulle prime il nemico non si fece vivo, ma giapponesi e americani finirono poi per scontrarsi con grande accanimento, e da entrambe le parti il numero dei caduti fu maggiore che in qualsiasi altra campagna di quella guerra. Ma questo combattimento avrebbe avuto luogo alcune settimane dopo.

Stiles e io eravamo due giovani tenenti, snelli, astuti e perfettamente addestrati, nonché assetati di sangue nipponico. Avevamo imparato insieme come si diventa ufficiali di fanteria, a Camp Lejeune, a Quantico, nei boschi intorno a San Diego, e infine a Saipan, la base d'addestramento della divisione che avrebbe attaccato Okinawa. Eravamo esperti di armi, conoscevamo tutte le tattiche della fanteria, i trucchi per metterci al riparo e mimetizzarci, le tecniche per i combattimenti notturni, per gli scontri alla baionetta, per quelli con il coltello, per le comunicazioni terra-aria – tutto, insomma. Sapevamo maneggiare, senza perdere la testa, granate ed esplosivi potenti. Vantavamo affinatissime doti da sicari, e aspettavamo solo di metterle alla prova. Eravamo orgogliosi dei nostri poteri di comando che ci avrebbero permesso di guidare alcune decine di soldati, sotto il fuoco nemico, su terreni umidi, aridi o pieni di sconosciute e ripugnanti insidie. Ed eravamo in perfette condizioni fisiche.

In questi ultimi anni, seduto in panciolle davanti allo schermo tremolante del televisore, ho visto ragazzi abbronzati che, sulle onde o nella neve, serpeggiano planando con la grazia di antilopi; li osservo con una fitta di nostalgia, ma anche con un'ammirazione priva di risentimento, perché posso dire senza tema di smentite: «Paul Whitehurst una volta era così». Mai più in tutta la vita il mio corpo avrebbe ritrovato l'ardore dei vent'anni. L'ambizione del periodo della pubertà – quando ero letteralmente e disgraziatamente una gracile creatura di quarantacinque chili – era stata finalmente appagata: avevo muscoli veri e sapevo come usarli. Fumavo sigarette, al pari di quasi tutti i marines, ma il fumo non aveva conseguenze negative sui miei sensi, che reagivano all'ambiente con la finezza di una guida Apache. Sulla mia bellezza virile si stendeva poi una patina dorata d'abbronzatura. Avevo la corporatura ideale di un comandante di plotone dei marines, ero cioè alto, ma non troppo, bene in carne, ma non nerboruto: i ragazzi troppo grossi erano un bersaglio facile per le pallottole giapponesi.

Stiles aveva sempre avuto un fisico d'atleta – fra le altre cose, era stato campione di nuoto a Yale – e dunque, diversamente da me, non si rallegrava più di tanto per la forza e l'agilità che avevamo acquisito in ore interminabili di stancate e sudate. Una delle cose che ci univano (ed è solo con stupore che posso ripensare a questo aspetto del condizionamento che avevamo subito) era l'assenza quasi totale di paura.

Ho detto "quasi". Nell'intimità delle conversazioni più approfondite e confidenziali, ammettevamo entrambi una sana dose di quei timori e di quei brividi che ti torcono le budella e che assalgono ogni soldato all'avvicinarsi della battaglia. Ma un comandante di plotone dei marines è un po' come il capo di un gruppo scout che, guidando i suoi ragazzi in una camminata nei boschi, incontra ruscelli melmosi e difficilmente guadabili, serpenti velenosi, nidi di vespe, enormi orsi grigi. Per quanto sia spaventato a morte da queste minacce e da questi ostacoli, ha l'obbligo di mostrarsi risoluto e di non lasciar trasparire alcun cedimento, se non vuole che il suo seguito, contagiato dalla paura, si sparpagli in ogni dove, disperdendosi sino a far perdere le proprie tracce.

Un comandante di plotone dei marines – il grado considerato in quel periodo il più esposto al rischio di morte fra tutte le truppe e i servizi delle forze armate degli Stati Uniti – deve dunque, paradossalmente, dare prova di maggior coraggio, pur avendo più ragioni degli altri di sentirsi terrorizzato. Soltanto poche settimane prima, decine di sottotenenti erano stati macellati come capretti a Iwo Jima. Stiles e io ne parlavamo spesso, con tono asciutto. Eppure, pur confessando liberamente attacchi sporadici di terrore cieco, concludevamo entrambi che la necessità di ostentare in ogni momento freddezza e imperturbabilità ci rendeva, in larga misura, freddi e imperturbabili, fin quando la paura non cominciava a insediarsi laggiù a poppa tra il carico delle tante preoccupazioni ed emozioni. Per prima cosa perché eravamo in attività quasi tutti i giorni, e troppo indaffarati per prestarle molta attenzione. Poi perché ci sorrideva l'idea della battaglia, ne bramavamo i pericoli, le sfide, l'eccitazione. In fondo, non ci eravamo arruolati nei marines per ottenere una sinecura amministrativa da sedentari. Se avessimo voluto così, avremmo scelto l'esercito. Ci eravamo arruolati per il fascino e la fama da duri dei marines, e per la voglia d'appartenere al più valoroso dei corpi militari. E per qualche misteriosa passione – in cui al desiderio di uccidere si mescolava il brivido del rischio di morire – avevamo abbracciato l'ideale di virilità più inebriante. Certo, «Dio benedica l'America» e la lotta contro il male erano stati fattori determinanti – la ritenevamo tutti una guerra nobile –, ma il tema patriottico passava in secondo piano. Penso che avremmo forse amato i marines, anche se il Corpo fosse stato greco o finlandese. In fondo, credo, volevamo diventare icone fascinose, anche se di modeste proporzioni, della nostra epoca; facendo fuori un paio di plotoni di giapponesi fanatici, ci saremmo coperti di gloria e di medaglie, saremmo tornati a casa in licenza a scopare una sfilza di ragazze disponibili e, con le nostre divise verde-foresta fatte su misura e gli scintillanti galloni d'oro, avremmo sfilato per le strade con la stessa aria da eroi di Tyrone Power. Sarebbe stato fonte di imbarazzo per noi dare troppo peso alla paura.

Potete dunque immaginare il nostro dispiacere quando, subito dopo la partenza da Saipan, venimmo a sapere che l'attacco della divisione contro Okinawa – distante cinque giorni di navigazione – non sarebbe stato un vero attacco, ma una simulazione, un'azione diversiva. Senza sbarco di truppe. Mentre le altre unità dei marines e dell'esercito avrebbero dato inizio a nord alla vera invasione, noi saremmo stati impegnati in un finto attacco anfibio: decine di mezzi da sbarco avrebbero fatto spumeggiare le onde in direzione della costa, protetti da nuvole di fumo, per poi fermarsi all'ultimo momento, virare di bordo, e tornare alle navi appoggio rimaste al largo – una dimostrazione, naturalmente, che serviva a trarre in inganno le forze giapponesi, tenendole lontane dai veri invasori all'assalto delle spiagge Hagushi. Dopo questa vacua e pretenziosa esibizione, la divisione sarebbe entrata in una condizione detta di riserva galleggiante. Ciò significava rollare per giornate intere su navi insopportabilmente anguste, annoiarsi sino a impazzire, nutrirsi di cibo che diventava sempre più immangiabile per essere rimasto troppo a lungo nelle stive, e aspettare il momento in cui ci avrebbero fatti sbarcare per assaporare finalmente la battaglia. E sin qui tutto bene – i marines che non vedevano l'ora d'entrare in azione potevano sopportare quasi tutto pur di aver modo, prima o poi, di sparare sul nemico –, ma c'era un inconveniente sinistro. Già prima della mattina del Love Day correva voce che, dopo l'assalto simulato e le ore interminabili in mare, non ci avrebbero mandati a combattere, ma saremmo tornati nella nostra incantevole Saipan, con le sue sere vuote e i suoi film di Abbott e Costello. Per Stiles e per me era una truffa colossale. E anche i nostri uomini, che sudavano e s'agitavano sottocoperta a bordo della *General Washburn*, erano sconcertati, irrequieti e depressi. Erano inoltre in preda a una sorta di fanatismo e impazienti di battersi, e anche se qualcuno di loro era forse sollevato per essersi tolto dai guai, credo che i più covassero un cupo risentimento per la piega che avevano preso gli eventi. Il solo pericolo cui saremmo stati esposti era reale, ma in certo qual modo volgare, meschino e grottesco: gli attacchi dei kamikaze. Cadere vittime di uno di quegli aerei sarebbe stato ignominioso quanto farsi investire dal furgone di una lavanderia.

Una nave per il trasporto truppe può rivelarsi l'ambiente domestico più sgradevole che l'uomo abbia mai progettato – uno spazio fetido e angusto, occupato da un numero di esseri umani cinque volte superiore a quello per cui era stato previsto. Gli uomini dormivano su brande o amache talmente vicine che i loro corpi sdraiati parevano pezzi di carne già impacchettati per essere spediti al mercato. E anche in fatto di rumore non c'è prigione al mondo che possa rivaleggiare con le viscere di una nave per il trasporto truppe: le strida e le urla di centinaia di uomini, lo scalpiccio di piedi, chi russa, chi sghignazza, chi fischia, le armi che sbattono fragorose sui ponti e contro le paratie, e soprattutto i cigolii e gli scricchiolii della nave stessa che avanza beccheggiando nella vastità dell'oceano. In quegli alloggi affollati e soffocanti i soldati non riuscivano nemmeno a camminare; si spostavano procedendo lateralmente, natiche contro inguini, in un'aria dove ristagnavano odori di corpi, di aliti cattivi, di cucina, di flatulenze, e abbastanza spesso di vomito, perché il mal di mare era endemico e non certo limitato ai ragazzi delle Grandi Pianure. Le code, che sono una costante della vita militare, diventavano qui, nei corridoi in penombra della nave, squallidamente eterne – code di tre ore per mangiare, code di due per far la doccia, code di gente che si contorceva per le toilette, code persino per dar modo ai soldati di emergere a turni regolari dalla loro tomba e respirare per un breve intervallo l'aria salmastra del ponte di prua o della poppa.

Se il tempo era bello il ponte era un rifugio, e fu qui che un pomeriggio – forse diciotto ore prima del nostro "assalto" a Okinawa – mi addormentai, riparato dal vento da una cappa di boccaporto, e feci i sogni più agitati, sconcertanti e infinitamente tristi che io possa richiamare alla memoria. Riguardavano la mia infanzia e i miei genitori, solo che non vibravano di echi di serenità, né di atmosfere di quiete, adombrando piuttosto un vago ma spaventoso presagio di una guerra senza mai fine. Mi svegliai all'improvviso, non nel consueto stato d'animo di efficiente entusiasmo, ma sopraffatto dalla tristezza, e con un gran desiderio di qualcosa cui non sapevo dare un nome. Sentendo ballare la grossa nave sotto di me, guardai con gli occhi socchiusi le onde lunghe dell'oceano e mi resi conto di aver avuto il primo vero attacco, o quasi, di nostalgia di casa da quando ero nel Pacifico. Ma qual era il messaggio di quei sogni? mi domandai. Perché mi facevano sentire così vulnerabile, così indifeso – non più un marine, ma un ragazzo smarrito?

Quando mi svegliai vidi Stiles che, in piedi, mi stava fissando. Aveva un'espressione tetra e triste e l'infelicità traspariva dal suo volto, uno di quei volti anglosassoni al tempo stesso brutti e belli, con un prominente naso patrizio, un tantino adunco, perspicaci occhi nocciola, e denti grossi, regolari e splendenti che illuminavano allegramente i suoi tratti ogni volta che rideva – cosa che gli capitava spesso. Ma quel giorno era livido e depresso. Indossava maglietta e calzoncini regolamentari, e teneva in mano un'edizione Modern Library del *Leviatano* di Hobbes. Mi tese un braccio e mi tirò su, poi avanzammo entrambi verso la battagliola, facendoci largo tra alcune decine di marines spaparanzati in coperta, intenti a pulire i loro M-1 e i loro BAR per la decima, la ventesima o la trentesima volta da quando eravamo a bordo.

«Hai sentito la voce che circola?» disse, mentre ci appoggiavamo alla battagliola. Avvicinandosi a Okinawa, la *General Washburn* aveva ridotto la velocità a circa tre quarti del normale, e il suo esempio era stato seguito dal resto della flotta. Guardavamo l'immensa *armada* che attorno a noi avanzava verso nord – decine di navi per il trasporto truppe e di navi per i rifornimenti, almeno una portaerei classe Essex, un paio di corazzate e, più lontano, ai due lati del convoglio, una formazione di veloci cacciatorpediniere di scorta, che procedevano rapidi e nervosi come cani da pastore intenti a spingere un gregge lentissimo su un mare sferzato dal vento e screziato di schiuma e di spruzzi. «Circola voce» continuò Stiles «che non sbarcheremo a Okinawa neanche quando saremo parte della riserva galleggiante. Qualcuno sostiene che, a detta di Happy Halloran, tutta la divisione verrebbe rimandata a Saipan.»

«Be',» dissi «ma tu come fai a saperlo?» Il mio tono di voce simulava indifferenza, ma l'angoscia, il senso di disappunto, mi avevano preso allo stomaco come un accesso di nausea. «Come fai a esserne così sicuro?» Feci una pausa. «Merda!»

«Non so,» replicò Stiles «ma su queste cose il Vecchio ha quasi sempre ragione.» S'interruppe e alzò gli occhi al cielo. «Hai visto un po' di movimento oggi?»

Si riferiva alle battaglie aeree. Da quando la flotta si era avvicinata alle acque nemiche, cioè dal giorno prima, i kamikaze e gli altri aerei giapponesi – caccia e bombardieri – nelle loro incursioni dalle basi di Kyushu si erano sentiti incoraggiati ad attaccarci come calabroni. Quel giorno, con Stiles e centinaia di plaudenti marines, avevo assistito dal ponte a un combattimento ravvicinato, di quelli che la maggior parte di noi fin allora aveva visto soltanto nelle immagini dei cinegiornali Fox Movietone. Era avvenuto così a bassa quota che non avevo neanche avuto bisogno del binocolo: uno Zero e un Hellcat impegnati in un incredibile duello a spirale, in cui l'americano sulle prime pareva il dominatore, mentre il proiettile luminoso di ciascun aeroplano calava inesorabilmente in picchiata inseguendo la sua preda, con una precisione tale che, per un attimo, i movimenti dei due nemici ricordarono quasi un balletto di due innamorati; poi, in seguito a un rapidissimo capovolgimento, impossibile da seguire, il giapponese serrò verso l'Hellcat, facendo sprizzare dalla mitragliatrice esplosioni di fumo e guizzi di fuoco; un altro rovesciamento, e il sibilante stridore dei due motori divenne perfettamente udibile, perché si erano abbassati, sin quasi a sfiorare i fumaioli della nave. A quel punto – Gesù! – un'esplosione improvvisa, un bituminoso pennacchio di fumo, e tutti restammo con il cuore in gola (i nostri ragazzi? I loro?), finché – oh, che felicità – la fusoliera con il rosso sole nascente cominciò a precipitare oscillando sul mare come un falco ferito, e s'inabissò fra le onde a pochi metri da noi, con quella dolce ineluttabilità che le immagini dei nostri cinegiornali ci avevano spesso mostrato dopo Pearl Harbor. «Quel figlio di puttana giapponese era un gran pilota» aveva detto Stiles a mo' di complimento tra quel coro d'applausi, mentre l'Hellcat tornava rapidamente alla sua portaerei e noi contemplavamo un geyser di vapore sgorgato dalla tomba dello Zero, un ombrello di rugiada scompigliata dal vento che si allontanava veloce verso sud.

Oggi invece niente. Meglio così. Non volevamo nulla che ci distraesse dalla nostra delusione.

«Potremmo andare dal Vecchio» proposi. «Forse ci dirà come stanno le cose.» Ero ancora immerso nella cupa atmosfera dei miei sogni, ma non riuscivo a cogliere l'origine del mio malcontento, come se fossi afflitto da un lutto che non mi dava pace per la perdita di qualcuno la cui identità non riuscivo a ricostruire, di un luogo un tempo amato e ora inesorabilmente distrutto.

Il tenente colonnello Timothy (detto Happy) Halloran aveva una cabina piccola, ma pur sempre una cabina – come si addiceva a un ufficiale del suo rango – e quando entrammo si stava radendo chino su un lavabo. Raschiava nei pressi e al di sotto di un paio di neri baffi a manubrio, davvero notevoli. I suoi occhi riflessi in uno specchietto d'acciaio appeso alla paratia ci scrutavano. Per il resto ebbi soltanto una visione fugace della sua bella schiena muscolosa; la cicatrice lucente di una pallottola sotto l'incavo dell'ascella (era stato colpito a Tarawa) accentuava il fascino di un uomo per il quale – in quei giorni – la parola "ammirazione" sarebbe sembrata trita e inadeguata. Due giovani preti che s'avvicinino a un monsignore di grande fama e carisma, due esordienti che si presentino con deferenza a Joe Di Maggio, un paio di freschi deputati che vadano a chiedere un parere al presidente della Camera dei Rappresentanti – fu con quello spirito che Stiles e io andammo a far visita a Happy Halloran. La nostra riverenza non era scevra da irriverenza, e del resto Halloran incoraggiava gli atteggiamenti informali; era uno di quegli stimabili ufficiali dei marines che, senza perdere un briciolo d'autorità, trattavano tutti affabilmente.

Continuò a radersi, ignorando le mosche mascalzone – imbarcatesi clandestinamente a Saipan – che gli ronzavano attorno. La sua crema da barba era profumata alla lavanda, un particolare che mi parve assurdo come radersi a quell'ora, finché non mi resi conto quanto fosse tipico di Halloran. Voleva affrontare lo sbarco, sia pure fittizio, con il viso opportunamente rasato, e per la restante parte del giorno e della sera avrebbe avuto forse troppo da fare per completare la propria toilette. Sospetto inoltre che ci tenesse a far risaltare i suoi baffi a manubrio. Ammirai questo tocco d'eleganza, e ricordai che aveva ordinato a tutti i marines del suo battaglione di farsi la barba, ne sentissero o no il bisogno – e alcuni erano talmente giovani da non sentirlo affatto. Per Halloran queste non erano inezie, ma questioni di classe, e i ragazzi pendevano dalle sue labbra. Ero profondamente convinto che, senza il suo esempio, Stiles e io non saremmo certo stati quei comandanti di plotone che eravamo. Nutrivamo per lui un'ammirazione incondizionata.

«Salve, Dougie» disse a Stiles; e a me: «Salve, Paul, che cosa ti rode? Siediti e sfogati».

«Grazie, signore» rispondemmo noi all'unisono, accomodandoci sulla sua cuccetta.

«E così l'attesissimo scontro con il nostro strisciante nemico, ragazzi miei, sarà soltanto un minuscolo tafferuglio, senza neppure un colpo sparato con rabbia.» Continuò a radersi anche mentre pronunciava queste parole in quello che a lui sembrava un accento scozzese, o almeno così mi pareva, ma che in realtà non ricordava nessuna inflessione o dialetto che avessi mai udito. Ai miei occhi era una piccola pecca, ma questi tentativi d'imitazione erano il massimo cui potesse arrivare il suo senso del comico. Persino in quel frangente, coperto di schiuma, stava sogghignando della sua stessa battuta. Aveva una carnagione piuttosto scura – penso che si sarebbe potuto descriverlo come uno di quegli irlandesi scuri di pelle – e con quel sorriso pieno di fossette che gli gonfiava le guance, e il suo schietto accento del Middle West, ricordava vagamente Clark Gable. Un tempo avevo formulato il pensiero, bizzarro ma affettuoso, che se fosse stato possibile distillare la mascolinità da lui emanata, sino a farne un'essenza volatile, si sarebbe ottenuto il prodotto ideale per un pubblicitario – un'acqua di colonia da chiamare Cazzo e Palle, odorosa di cuoio, sudore e polvere da sparo. In quel periodo rappresentava per me il modello degli ufficiali dei marines. Aveva studiato alla Citadel, dove si era specializzato in ingegneria e lo avevano obbligato a leggere Longfellow. Non aveva mai sentito nominare né Franz Joseph Haydn, né Anton Čechov, né William Blake. Ma per me che ero uno dei suoi devoti, questa ignoranza, pur essendo un difetto praticamente incorreggibile, non significava nulla.

Abbandonando la cadenza dialettale, notò, attraverso lo specchio, il libro di Stiles e disse: «Su quale intellettualoide ti stai consumando gli occhi, Dougie?».

«Su Hobbes, signore,» replicò Stiles «un filosofo inglese del Seicento. Il libro s'intitola *Leviatano.* E probabilmente è il suo capolavoro.»

Vidi riflesso nello specchio il sogghigno di Halloran. «Fammene un sunto. È bolscevico o antibolscevico?»

Dopo un attimo d'esitazione, Stiles disse: «Be', è difficile dirlo, signore. Il contesto storico dell'epoca è molto complesso e poi è vissuto molti anni prima di Marx. Si potrebbe però dire, suppongo, che con la sua teoria dello Stato come una specie di supermostro, ci ha fornito, lo volesse o no, una delle prime critiche al totalitarismo di stampo comunista. Ma al tempo stesso non lo si può certo considerare un sostenitore della democrazia».

«Insomma sarebbe più a destra di quell'altro tizio – come si chiamava, John Locke?»

«Oh, senza dubbio» disse Stiles. «In confronto Locke è un vero liberale.»

Halloran soppesò queste parole per un momento, tenendo l'affilato rasoio a mezz'aria. «E questo tizio ha influito molto su Marx? Tanto come Hegel?»

«Oh Dio, no,» disse Stiles «nessuno ha influito su Marx quanto Hegel. Sicuramente Marx aveva letto tutti i grandi filosofi sociali inglesi – Hobbes, Locke, Bentham – ma ne rifiutò in gran parte le idee per elaborare le sue teorie.»

«Quel Marx,» disse Halloran, scuotendo il capo, «quel fottutissimo Marx. Con le sue stronzate ci ha creato un mucchio di guai.»

Fece una pausa e tolse una bolla di schiuma dal rasoio, da quell'affilatissima lama, sottile e micidiale all'aspetto, l'unico rasoio non di sicurezza di tutta la truppa, per quanto ne sapessi, e più o meno il solo che avessi mai visto. Era uno dei segni distintivi del colonnello, come i baffi a manubrio e la rivoltella Colt 38 Special Police con intarsi d'argento. La portava al fianco in una lussuosa fondina di cordovano talmente lucida che una volta, finendo a terra accanto a lui durante un addestramento sulla spiaggia di Saipan, vi vidi riflesso il mio viso a forma di bulbo, come nello specchio deformante di un luna park. Sia i baffi alla Jerry Colonna sia la rivoltella non erano regolamentari; i baffi erano permessi, ma non così ricercati, e l'arma d'ordinanza era una 45 automatica. Secondo l'opinione comune, l'automatica non era molto affidabile, essendo difficile da puntare (anche se, una volta puntata, era in grado di polverizzare un bue). Ma non era tanto per questo motivo che Halloran sfoggiava la sua più appariscente arma – e i vistosi baffi a manubrio –, quanto per questioni di stile inerenti all'alone leggendario che circondava il suo personaggio. Il Corpo dei marines è inflessibile, addirittura prussiano, in molte delle sue feticistiche esigenze, ma tollera anche con affettuosa noncuranza le blande eccentricità di certi tipi stravaganti che gli sono particolarmente cari; si deve in parte a questa bonarietà se i marines, a differenza dei prussiani, sono riusciti a salvarsi dalla demenza.

«Insomma, tu pensi che questo Hobbes possa aiutarti a distruggere Marx, quando comincerai a scrivere il tuo libro?» domandò Halloran.

«Sì, signore, assolutamente» disse Stiles. «Un uomo che è all'origine di un male così grande e diffuso deve aver attinto le sue idee da diverse fonti, e io non voglio lasciarmi sfuggire neppure un frammento di pensiero che qualsiasi predecessore possa avergli ispirato.»

«Be', ti rinnovo i miei auguri di buona fortuna.» Fece di nuovo una pausa. «Certo quel fottutissimo Marx con le sue stronzate ci ha creato un sacco di guai.»

Speravo che questa parte del colloquio finisse presto, avendo già sentito lo stesso discorso, o altri equivalenti, più di una volta. Nei marines le discussioni politiche fra gli ufficiali sono tradizionalmente limitate da una discrezione di fondo che quasi le vieta (nei quadrati, di fatto, è proibito parlare di politica, come di religione e di sesso); ma avevo scoperto che la minaccia bolscevica era un argomento autorizzato. Come quasi tutti gli ufficiali di carriera, Halloran non capiva un accidenti di politica, e Stiles era diventato il suo mentore. A me la politica interessava assai meno che a Stiles, il quale, coinvolto com'era, poteva a volte infervorarsi in modo sgradevole. Ma, all'improvviso e per fortuna, il discorso si esaurì. Guardammo per un momento Halloran che si stava tamponando le guance con una salvietta, prima di passarvi il talco. Tra poco, come sapevo da precedenti esperienze, si sarebbe incerato accuratamente i baffi con quello che chiamava «un intruglio doppiamente prezioso», tratto da un vasetto acquistato nella Chinatown di San Francisco. Ma mentre si accarezzava le guance, espirando con soddisfazione, udimmo, sopra il frastuono dei motori della nave, un rimbombo lontano e sentimmo nell'aria una brutta vibrazione; tutti e tre per un attimo tendemmo l'orecchio. Poi ci rilassammo. Poteva essere qualsiasi cosa: un kamikaze che annientava un cacciatorpediniere, una portaerei come l'*Intrepid* o la *Essex* colpita da un siluro, una nave carica di munizioni ridotta a limatura di ferro e vapore – qualsiasi cosa. Halloran, continuando a guardarsi allo specchio, formulò silenziosamente con le labbra la parola "Vaffanculo".

«Signore,» disse Stiles «che cosa sono queste voci sull'imminente rientro della divisione a Saipan? È vero che forse non sbarcheremo mai?»

«Non ci giurerei, Dougie,» replicò Halloran «ma non mi sorprenderebbe. Ci arrivano dal servizio informazioni notizie ufficiose d'ogni genere, secondo le quali non ci sarà bisogno di noi. Per favore, non chiedermi perché. Ma si dice che a Washington, a Pearl, o dove altro si prendono queste decisioni, sono persuasi che due delle nostre divisioni, più qualcuna di fanteria, siano più che sufficienti. Se è così, ci toccherà tornare alla nostra vecchia isola e alla frenetica vita notturna di Garapan.»

«Per Dio, signore!» Stiles era balzato in piedi, tutto sdegno e agitazione, battendo con violenza un pugno sul palmo di una mano. «È ridicolo! Non abbiamo fatto migliaia di miglia per restar seduti in quella fetente isoletta a guardarci marcire mani e piedi. Ci hanno addestrati ad ammazzare i giapponesi, Cristo! E adesso c'è questa finta operazione di domani che suona proprio come una presa in giro! Non sarebbe poi così grave se almeno ci tenessero di riserva, per farci sbarcare prima o poi. Ma *questo*! Tornare a Saipan e trasformarci in zombie! È» – la sua voce, alzandosi, divenne querula – «è intollerabile!»

«Calmati, Douglas, ragazzo mio» disse amabilmente Halloran, passando a un accento irlandese, esasperante ma un po' più convincente della cadenza delle Highland; irlandesi erano, dopotutto, le sue origini. «Nel Corpo, devi imparare a sopportare le frustrazioni e a obbedire agli ordini, da quel bravo ragazzo che sei. Se non combatterai a Okinawa, lo farai di certo in Giappone. E lì, ne sono profondamente convinto, avrai modo di accoppare dieci di quei babbuini – forse anche cinquanta. Inoltre» aggiunse con una strizzata d'occhio lasciva «ti potrai sollazzare con un bel po' di fighe oblique.» Alludeva alla battuta, ripetuta sino alla nausea tra i marines, che attribuiva alle giapponesi una vagina orizzontale.

«Il Giappone! Dio sa quando sarà. Potrebbe capitare di tutto. Potremmo ammalarci, avere un incidente – qualsiasi cosa!» Stiles s'interruppe un momento, poi riprese con voce più pacata: «Con tutto il dovuto rispetto, signore, e senza offesa, lei in prima persona di quei babbuini ne ha già accoppati un bel mucchio. Noi no». Allargò le braccia in un gesto che includeva anche me, e dall'espressione che assunse mi parve prossimo alle lacrime in modo imbarazzante. «Noi un giapponese non l'abbiamo neanche mai visto in faccia!»

Si udì un altro sordo *crump crump*, più vicino del precedente, che fece aggrottare le sopracciglia del colonnello. «Kamikaze» disse, protendendosi verso l'oblò. «Folli giapponesi del cazzo» mormorò con voce piatta e priva d'emozione, scrutando l'oceano. «Luridi figli di puttana. Porci fottuti, impero di merda. Ottanta milioni di cani rabbiosi.» Si allontanò dall'oblò, si leccò le labbra, aspirò, cercò qualche altra cosa da dire, ma gli si affievolì la voce dopo un animoso, ma un po' inadeguato «Scopatori di cagne». Poi una luce improvvisa gli illuminò gli occhi – era evidente che per lui l'irata protesta di Stiles era un argomento chiuso – e disse: «Be', ragazzi, beviamoci un goccio di whiskey, e vi racconterò una storiella».

Ma io non avevo voglia di ascoltare una storiella. Ero di nuovo depresso e irrequieto come prima sul ponte. Sentivo ancora un'acuta nostalgia di casa e non vedevo l'ora di tornare a dormire. Dovetti però ascoltare (o fingere d'ascoltare) la storia, sebbene Halloran non valesse nulla come narratore. Qualcuno (forse Stiles) aveva detto che lo stesso Halloran, quando arrivava a metà di una delle sue storie, finiva per addormentarsi. Per non essere frainteso, devo precisare che non gli mancava certo l'intelligenza; dava però prova di una particolare insensibilità – non solo di una mancanza di *savoir-faire*, ma di un'insensibilità alle sfumature, come un cantore d'inni che, con assoluta fiducia in se stesso, ogni domenica si ostinasse a cantare fuori tempo e più basso di mezzo tono. Halloran era tuttavia un combattente così straordinario che gli si perdonava qualsiasi pagliacciata. Stiles, che lo venerava quanto me, ma si domandava anche lui come mai si comportasse in quel modo, me lo spiegò una volta con un'analisi che mi parve particolarmente perspicace. Halloran era un *marine professionista*. Lo era al centouno per cento, membro di una corporazione di cavalieri, seguace di una fede, di un modo di vivere cui si era consacrato con l'ardore di uno dei custodi del Graal. Okay, continuò Stiles, questo cavaliere dell'Illinois ha imparato i suoi doveri di scudiero all'Accademia militare Culver. Poi alla Citadel, dove il livello intellettuale era pari a quello di una scuola serale per ritardati mentali. Poi ci fu il periodo in cui, con il Quarto Marines, aveva prestato servizio a Shangai, poco prima di Pearl Harbor. Per anni gli americani, insieme agli inglesi e ai francesi, avevano eletto questa città a luogo di svago. E lui, probabilmente per l'unica volta nella sua vita d'adulto, aveva potuto assaporare un'atmosfera diversa, vivere una vita da civile, mangiare zuppa di *wonton* e portarsi a letto tutte quelle bionde e favolose fighe russe bianche. Infine questi anni di guerra – cioè la restante parte della sua vita (tranne un breve incarico in patria) – trascorsi nelle torride isole del Pacifico, a combattere un nemico che odiava con una furia così incontrollata da sentirsi soffocare ogni volta che ne pronunciava il nome. Non saresti anche tu, mi disse Stiles, un tantino – uhm – *strano*, voglio dire diverso da noi che siamo andati all'università, se fosse stato questo il primo capitolo della tua vita di ragazzo americano?

Il colonnello versò due dita di whiskey in tre tazze da campo e si sedette sul bordo dell'altra cuccetta di fronte a noi. Bere sulla nave era assolutamente proibito – ma la cosa non ci preoccupava. Come tutti i marines che erano stati nel Pacifico per molti mesi, Halloran era diventato scandalosamente ricco, grazie alle paghe accumulate e mai spese. «Per questa bottiglia ho dato settantacinque dollari a un ufficiale degli approvvigionamenti della Marina» disse ridendo e sollevò verso la luce la sua dose di ambrato bourbon. «Old Forester. Solo il meglio per i gentiluomini del Secondo Battaglione. Non credo d'avervi mai raccontato questa storia, ragazzi...»

Tracannatore di birra, avevo bevuto whiskey non più di una mezza dozzina di volte in vita mia; non sapevo ancora come reagire a quell'euforia grandiosamente poetica che sentivo quando cominciava a pizzicare le mie cellule cerebrali. Ne mandai giù una robusta sorsata e mi sentii subito girare la testa, tanto che ogni mio tentativo di seguire il racconto di Halloran fu subito vanificato. La storia che avrei voluto poter ascoltare – un resoconto dalle sue stesse labbra di quella mitica impresa di Tarawa che gli aveva fatto meritare la Navy Cross (nonché la nostra canina devozione) – era ovviamente la sola che, con la modestia tipica dell'eroe, non avrebbe potuto narrare. Diede invece la stura (oh, Gesù, pensai) a un altro aneddoto su Shangai, la dorata parentesi di baldoria nella vita totalmente irreggimentata di quel pover'uomo. Ne sarebbe stata protagonista Svetlana, la "contessa" russa bianca dai capelli color miele, sospettata di essere un agente assoldato dai giapponesi, che aveva cercato in tutti i modi con la sua carica di sensualità di spremere segreti dal giovane ufficiale Halloran del servizio informazioni? (Era una storia con potenzialità brillanti, e avrebbe dovuto essere raccontata con brio e suspense, come un buon film di Hitchcock, con l'aggiunta di qualche piccante particolare di sesso, ma Halloran la narrava in maniera talmente confusa che non c'era nulla di tutto questo, men che meno il sesso. «Svetlana era solo una sgualdrina» era il suo commento più osé, con il quale rafforzava la mia convinzione che, come quasi tutti i prodotti delle accademie militari, egli fosse in fondo un moralista, capace soltanto di parlare, e avesse probabilmente scopato ancora meno di me.) O avrebbe avuto come tema la birra cinese? Halloran era capace di dilungarsi per almeno quarantacinque minuti su come veniva prodotta, e gli sarebbe rimasto il fiato per parlare della forma delle bottiglie e di come schiumava.

«Shangai.» Nell'udire questa parola, esclusi Halloran dalla mia mente, come se avessi spento un interruttore. Al cospetto di un seccatore gli occhi di molte persone diventano come vitrei; si può addirittura vedere una patina che li ricopre a poco a poco, una graduale opacità che ricorda quella delle ostriche esposte all'aria per molto tempo. Io invece sono sempre riuscito a conservare puntini luminosi nelle pupille, e a dare così al seccatore la falsa impressione che lo stia ascoltando. Così, mentre Halloran si dilungava nelle sue reminiscenze, e la mia nostalgia si acuiva, mi abbandonai a una fantasia in cui due ricordi intrecciati guizzavano nella mia mente come scene di un filmetto amatoriale. Le esplosioni di poco prima mi avevano fatto balenare davanti agli occhi l'immagine di una portaerei nelle convulsioni dell'agonia: una rapida visione di un fumo oleoso che evaporava verso il cielo, del ponte che sbandava, dei marinai che cadevano in mare come giocattoli a molla sparpagliati qua e là. Dissolta questa immagine, prese il suo posto il varo della *Ranger*, la prima portaerei americana, che, all'età di sette anni, avevo creduto opera soprattutto di mio padre, il quale in realtà era soltanto un progettista di livello medio nel cantiere dove mi portò (intontito dal sonno alle tre del mattino) a guardare e stupire.

In effetti era stato eccitante osservare la tecnica, al tempo stesso brutale e delicata, usata per liberare quel bestione e dargli modo di raggiungere il suo elemento naturale, per fare uscire dal secco utero del bacino di carenaggio e mandare ad affrontare i mari tempestosi «l'oggetto mobile più grosso e complesso e costoso mai costruito da mani umane» (nelle parole di mio padre). C'erano volute nove ore per questo parto mostruoso, iniziato assai prima dell'alba da squadre di negri illuminati dalla luce dei riflettori; questi, cantando, facevano ruotare arieti di quercia, abbattendo l'uno dopo l'altro, a intervalli calcolati con precisione, le decine di pali, grossi quanto quelli del telefono, che per mesi avevano tenuto in equilibrio migliaia di inerti tonnellate d'acciaio. «Un prodigio tecnologico!» aveva detto mio padre. Io ero incantato da quella visione, da quelle nere figure sudate che cantavano ritmicamente in coro, selvagge, terrificanti, africane. Era una baraonda controllata, uno spettacolo di una pericolosa magnificenza. Ogni tanto un palo si spaccava in malo modo o cadeva dalla parte sbagliata e i negri abbandonavano gli arieti con un baccano assordante e si disperdevano qua e là per salvare la pelle (non essendo in alcun modo protetti, posso aggiungere, da un contratto collettivo). Le loro fatiche finirono a mezzogiorno in punto, quando, quasi simultaneamente, accaddero due cose. La prima fu che, in un atto di divina finalità, il signor Gresham, un ingegnere collega di mio padre, rannicchiato in una profonda buca sotto lo scafo, premette un pulsante, facendo esplodere una carica di dinamite e saltare in aria l'unico montante superstite. «Pensa che equilibrio delicato!» sussurrò mio padre, o meglio lo urlò nel boato della folla, mentre quella grigia sagoma d'acciaio, tutta imbandierata, cominciava a scivolare lentamente nel melmoso James. Che spettacolo, questa nuova fidanzata dei mari partorita e lubrificata, per scendere dall'invasatura, da bianche e sudice masse di sego alte come cumuli di neve. Il sego scivolava via da sotto la nave in volute gigantesche e inondava gli spettatori festanti con un fetore di montone rancido. Quasi nello stesso istante in cui il signor Gresham premeva il pulsante, udii la signora Hoover gorgheggiare: «Io ti battezzo *Ranger*!». Notai che le si vedeva la sottoveste; poi fece *clunk* con la bottiglia, e ancora *clunk*, e la prora sgusciò via prima che fosse riuscita a colpirla, versando così su se stessa e sulla *Ranger* un violaceo liquido sacramentale: il succo d'uva proibizionistico. Due settimane dopo, intravidi per mezzo secondo in un cinegiornale una sfocata immagine di me stesso che contemplavo mio padre con sguardo adorante.

Ma c'è una cosa che hai dimenticato, pensai, mentre sedevo nella cabina di Halloran e sentivo il bourbon che mi scaldava e mi intorpidiva le labbra. Hai dimenticato la voce di tuo padre mentre tornavate a casa in macchina: «Un giorno da quella nave decolleranno aerei che andranno a bombardare i giapponesi». Tu credevi in tuo padre come credevi – allora – in Dio, ma a queste sue parole non credesti, pensavi che fosse soltanto una battuta spiritosa sulla guerra. La guerra la si vedeva al cinema, non era una realtà che si poteva proporre, non agli americani...

«Dunque, a Shangai avevo questo amico» sentii dire da Halloran. «Un sergente maggiore dei marines che si chiamava Willie Weldon. Era un po' più vecchio di me, un veterano della Cina che aveva combattuto nel battaglione di Rupertus a metà degli anni Trenta, quando, tanto per cambiare, i giapponesi si erano messi a far casino.» Mi resi conto all'improvviso che avevo permesso al mio interruttore Halloran di riaccendersi, e annuii e di nuovo sorrisi, ascoltando a metà. «Be', Willie Weldon era uno dei più grandi combattenti che si fossero mai visti. Il grado di sergente maggiore gli stava a pennello. Andava letteralmente matto per la passera. Un giorno gli dissi che gli avrei presentato un'amica di Svetlana: una certa Ludmilla, un gran bel pezzo di figliola, russa bianca anche lei, che abitava in un grande appartamento vicinissimo alla Strada della Fontana Gorgogliante.» Fece una pausa e si grattò il mento. «No, era vicino alla Strada di Nanchino, me lo ricordo perché Fontana Gorgogliante era stata chiusa al traffico...»

Non ti seguo più, colonnello, pensai, pronto a distrarmi un'altra volta. *Un raconteur de longues histoires*, avrei voluto dirgli, deve essere diretto, lineare, non deve appesantire la sua narrazione con nomi superflui di strade; deve essere soprattutto abile e incisivo, *incisivo.* Datti una mossa, per l'amor di Dio! «Credo proprio che si chiamasse Ludmilla, ma forse era quell'altra, Olga. Cazzo! Non mi ricordo. No, un momento...»

Ogni volta che mi mettevo a pensare – spegnendo di nuovo la voce di Halloran –, ogni volta che mi sentivo travolgere da un accesso di metafisico raccapriccio, e la pura irrealtà di quella guerra interminabile mi avvolgeva come un umido sudario ammuffito, pensavo a mio padre. Come mai era stato così preveggente? Come aveva fatto a sapere, tanti anni prima, che io mi sarei trovato un giorno in una simile situazione? Come aveva potuto immaginare che suo figlio, una volta cresciuto, sarebbe diventato un killer, non soltanto pronto a uccidere ma desideroso di farlo, capace di pregustare le uccisioni con una brutale eccitazione erotica? Non aveva previsto il finale. Ora però mi sembrava inevitabile che lui – che, pur avendo contribuito a costruire enormi macchine da guerra, era un uomo pacifico con un senso mirabile della storia – si fosse raffigurato la traiettoria della vita di suo figlio, destinata a concludersi qui, in questi arcipelaghi remoti e sconosciuti, prima ancora che fosse abbastanza adulto per votare. E ricordai, con una vivida chiarezza di particolari che mi sbalordì, quel giorno di tanti anni prima in cui aveva in pratica predetto la mia presenza su una nave come la *General Washburn*, che lenta procedeva verso la lontana costa di Okinawa...

Il titolo del racconto sul «Saturday Evening Post» era *La maledizione del Sol Levante* e io lo stavo leggendo sul sedile posteriore dell'Oldsmobile di famiglia, bloccata da guai al motore accanto a un campo d'arachidi, nei pressi del confine fra Virginia e Carolina. A undici anni leggevo i racconti del «Post» con sprezzante disinvoltura, ma non ero cresciuto abbastanza per non rimanere turbato da quella storia: una versione anni Trenta di un thriller di spionaggio, insaporita da un pizzico d'orrore fantascientifico. Sul sedile anteriore mia madre, con una gamba stretta in un apparecchio ortopedico d'acciaio, guardava impassibile davanti a sé nella luce ormai fievole di un pomeriggio d'ottobre, mentre mio padre s'affaccendava sul motore fumante. Io ero il classico figlio unico – arrogante e pieno di sé – e non offrivo né conforto né aiuto, raggomitolato nel sedile di dietro e assorto nella cronaca dell'incubo che travolse l'America «all'inizio degli anni Cinquanta». Si era scatenato l'inferno. Sottomarini immensi, grandi come transatlantici, avevano riversato orde di facce di donnola in una dozzina di approdi fra Seattle e San Diego. Ne era seguita una paralisi, poiché la nazione non era riuscita a mobilitare le proprie difese. La California era diventata una seconda Manciuria, prostrata e asservita. San Francisco era stata saccheggiata, gli abitanti sterminati come insetti. La debole resistenza opposta dai cittadini non aveva fermato la devastazione di Los Angeles; i palazzi dei magnati del cinema erano occupati da compiaciuti ufficiali che sguainavano le loro spade di samurai e violentavano divette. (Ricordo ancora la didascalia di un disegno: «"Ho visto il tuo film a Tokio" disse sogghignando il colonnello Oishi a Gloria che si faceva sempre più piccola. "Una bella esibizione. Adesso ti esibirai per me in un altro modo"».) Quasi alla fine della prima parte (dando un'occhiata più avanti, scoprii che *La maledizione del Sol Levante* era pubblicata in tre puntate), un certo maggiore Bradshaw del servizio segreto dell'esercito, con base a Denver presso il Comando della Difesa, telefonava alla moglie, che si trovava nell'Est, per avvertirla che la Quinta Armata Imperiale, una legione di fanatici che si accanivano in particolar modo sui vecchi e sui bambini, stava avanzando nel deserto dell'Arizona, in direzione di Phoenix, dove vivevano i genitori di lei. La donna singhiozzò; il marito le fece coraggio. Stavano arrivando truppe dal Texas. Il seguito la settimana prossima.

C'era una fitta nube di rabbia dentro e intorno all'abitacolo della nostra macchina in panne. Per una serie di valide ragioni, non eravamo una famigliola molto felice. Ma in genere mantenevamo la calma e ci trattavamo civilmente, essendo persone ben educate e imbevute di molti dei più nobili precetti cristiani. In verità il nostro amore reciproco era segnato dalla disperazione. E ora, nella tiepida aria autunnale, mi pareva quasi di udire il ronzio della collera. Mio padre, uomo paziente, era arrabbiato perché non riusciva a riparare il motore. Si era laureato al North Carolina State College, un'università per ingegneri, e non era mai riuscito a conciliare questa realtà con la propria incompetenza di meccanico. Era fondamentalmente un poeta, incappato per sbaglio nella tecnologia. Lo udii bisbigliare le sue imprecazioni presbiteriane: «Dannazione! Ge-ru-sa-lem-me!». Mia madre era pacatamente e gelidamente infuriata perché la sera prima, a casa di mia nonna in Carolina, da cui stavamo ora tornando, mi ero comportato male, e non avevo smesso di comportarmi male in macchina, facendo commenti da teppista sulla quantità di *niggers* che si vedevano in quelle zone, tanto che lei era sbottata in un «Chiudi il becco!», frase che mai prima d'allora le avevo sentito pronunciare. Io ero adirato poiché mi sentivo in colpa per aver pronunciato la parola *nigger*, e al tempo stesso punto sul vivo e in collera per la sua collera. A passi terribilmente lenti e dolorosi, lei stava morendo di cancro, e anche questo contribuiva alla rabbia generale. Si pensava che io non fossi al corrente della sua malattia, e non capivo perché, dal momento che non ero né stupido né cieco. Un contrattempo che altri avrebbero ridimensionato ostentando umorismo o lucidità aveva ridotto a brandelli i miei genitori, e poi anche me, in quanto rappresentava in piccolo quella tragedia incombente che nessuno di noi poteva affrontare o reggere.

Imbronciato, cercai senza molto entusiasmo di ristabilire un minimo di cordialità. «Tra una quindicina d'anni» dissi «i giapponesi sbarcheranno negli Stati Uniti e ci toccherà combatterli.»

Mia madre taceva. Quando prese a parlare, c'era nella sua voce un fondo di tenerezza, dal quale compresi che non era più in collera con me; ma era sempre stata franca, e anche in quell'occasione disse ciò che aveva in mente. «Paul, tu ti sei messo a leggere quell'assurdo racconto sul "Post". Non capisco perché tuo padre si sia abbonato a quella rivista. Il racconto è una vera porcheria. E per di più gronda di pregiudizi razziali.» Mia madre era una laureata con lode del Bryn Mawr, una donna di nobili principi, intelligente ed emancipata; yankee della Pennsylvania, sfoggiava il suo abolizionismo come un segno d'onore in quella parte della Tidewater, un'enclave d'antiche contee fanatiche della segregazione quanto le zone più razziste dell'Alabama. «Una delle mie amiche più care, Annie Wardlaw, che tu non hai mai conosciuto – è morta – aveva vissuto a lungo in Giappone con il marito diplomatico. Lei amava i giapponesi. Non sono come quelle... quelle bestie di cui parla la rivista. È un racconto *incendiario.*»

Ricordo che le domandai che cosa volesse dire "incendiario". Guardavo quel monotono paesaggio di campi d'arachidi e di boschetti di pino, e l'asfalto pieno di buche della strada, e vidi avvicinarsi sbandando da dietro un camion incredibilmente sgangherato, in cui erano stipati una decina di braccianti negri in tuta o nelle vesti lunghe fatte in casa e più volte rattoppate tipiche di quegli anni di miseria. Ci superò lentamente, con il motore che scoppiettava, e il suo carico umano era un'accozzaglia di pupille roteanti, di denti candidi, di sobbalzi e di scomposti cenni di saluto. «Serve aiuto?» udii gridare dal conducente. Ma io intuii che quell'offerta serviva soltanto a soffiare sul fuoco della rabbia di mio padre, che fece loro segno di proseguire.

«"Incendiario"» disse mia madre «è un aggettivo che si applica alla brutta parola con cui dieci minuti fa hai apostrofato la gente che vedi in queste campagne. Una parola come quella è incendiaria. E disgustosa.»

Non era giusto. Mi aveva già rimproverato con violenza; e adesso mi attaccava nuovamente. Questa ingiustizia riaccese la mia collera. Qualunque cosa mi accingessi a dire in segno di protesta fu però bloccata da mio padre, che spalancò la portiera e disperato si lasciò cadere al posto di guida. «Non so dov'è il guasto! Lo spinterogeno. Un cortocircuito. Non lo so! E non c'è un telefono per chilometri e chilometri.» Le sue mani nere, unte, tremavano per la tensione.

«Perché non hai lasciato che quei negri ti aiutassero?» disse mia madre.

«Papà,» mi sentii dire «i giapponesi stanno per invadere gli Stati Uniti.» Sentivo il bisogno impellente di vendicarmi, e ricorsi a un'espressione tratta dal linguaggio terra terra del racconto. «Quel branco di viscidi macellai.»

«Smettila di usare certi termini!» esclamò lei, voltandosi verso di me, con un movimento brusco che doveva averle provocato una fitta. «Non stiamo per far la guerra a nessuno!» Lanciò uno sguardo a mio padre. «Perché leggi quella rivista? Perché permetti che quella robaccia finisca nelle mani di un ragazzo di undici anni?»

«Senti, Adelaide, hanno pubblicato quel genio del Mississippi, William Faulkner» disse lui con voce affaticata. «E uno dei tuoi autori preferiti, F. Scott Fitzgerald. E anche dell'intelligente narrativa d'evasione, come il racconto di cui stiamo parlando.»

«C'è qualcosa di profondamente immorale nel pubblicare racconti allarmistici sulla guerra,» ribatté mia madre «specialmente quando possono leggerli anche i ragazzi.»

«Racconti allarmistici sulla guerra?» le fece eco lui, beffardo. «Come puoi essere così stupida? Non mi piace dirlo, ma io penso che tu sia una pazza idealista. Dovresti farti visitare da uno psichiatra.»

Ero sbalordito. Quelle parole mi avevano conficcato un pugnale nel petto. La dignità e la tolleranza di mio padre erano state un tratto così costante della sua personalità che questo tono mi parve – non c'era altra parola – mostruoso. Per carità! Mai una volta lo avevo udito alzare la voce con mia madre, le cui sofferenze lo avevano indotto a riversare quotidianamente su di lei una tenerezza quasi riverente. E adesso – quella furia. Poteva essere soltanto originata da una somma di frustrazioni – il motore che non funzionava, la sua famiglia bloccata in un posto fuori dal mondo, il battibecco, la mia cattiva condotta, qualche angoscia imprecisata. Fatto sta che l'apostrofò nei toni sprezzanti di un tiranno. I suoi modi mi nausearono. E lei in un primo momento sussultò come se avesse preso uno schiaffo; poi si ritrasse e lo guardò come se fosse impazzito.

«Adelaide, non ti rendi conto che il mondo intero muore dalla voglia di combattere – è sempre stato così e lo sarà sempre? Che cosa pensi che io abbia fatto in questi anni? Perché pensi che io abbia contribuito alla costruzione della *Ranger*? Perché gli aerei potessero far giri turistici sopra la Chesapeake Bay? Perché pensi che abbiamo costruito la *Yorktown*? E l'*Enterprise*? E stiamo costruendo la *Hornet*? E così all'infinito. Pensi che il governo degli Stati Uniti stia investendo milioni di dollari su queste navi solo per avere una bella flotta moderna da esibire? No, mia cara,» – la parola "cara", pronunciata di solito con dolcezza, aveva ora un accento duro, sardonico – «servono per fare la guerra, e faranno la guerra, e tu e io e tutti i nostri amici della penisola della Virginia ne siamo ora i beneficiari. Sei così cieca da non vedere la contraddizione fra la povertà spaventosa di questa contea di Nansemond, e la Oldsmobile su cui stiamo viaggiando – un'Oldsmobile difettosa, come si è dimostrato, ma un genere di automobile che pochissimi hanno il privilegio di possedere in piena crisi economica? È semplice, mia cara. Noi siamo tra i pochi fortunati che godono dei profitti della macchina da guerra.» S'interruppe un attimo, poi riprese: «E come la metti con quelle Fortezze Volanti di Langley Field, Addy, e con il baccano che fanno e di cui ti lamenti quasi tutte le mattine? Pensi che siano semplicemente pedine di non so quale gioco? E i caccia della Marina di Norfolk? E le posamine di Yorktown? E quei convogli di camion che arrivano ogni giorno da Fort Eustis? Non c'è il minimo dubbio che prima o poi tutte queste cose saranno utilizzate! Non vedi...».

Si bloccò all'improvviso. Conoscendo mio padre come lo conoscevo, sapevo che gli sarebbe stato impossibile mantenere a lungo un tono aspro e aggressivo. Di fatto, in quello stesso momento distolse gli occhi da mia madre e prese a fissare la strada davanti a sé, alzando nel contempo la mano per accarezzarle la spalla con dita consolatrici. La vidi rilassarsi; la perplessità e lo shock momentaneo si attenuarono sino a dissolversi in un'opaca quiete, e mi rilassai anch'io, sentendo distendersi per il sollievo i muscoli contratti delle braccia e delle gambe.

«Oh, Dio, perdonami, Addy» disse lui infine, con voce distante e accorata. «Mi dispiace di aver alzato la voce in questo modo. Ma non posso fare a meno di pensare» – esitò ancora, come se stesse cercando le parole, e per un momento che parve lunghissimo il solo rumore nella macchina fu quello dei nostri respiri, un trio di ritmi differenti – «non posso fare a meno di pensare alle generazioni; come credo di averti già detto una volta, c'è stato un nostro antenato diretto ferito o mutilato o ucciso in quasi tutte le guerre combattute da questo paese. I bisnonni nella Rivoluzione e nel 1812, sfregiati entrambi. Mio nonno caduto a Buena Vista nella spregevole guerra con il Messico. Mio padre che a diciassette anni a Chancellorsville rimase gravemente mutilato e semicieco, tanto da zoppicare e sussultare come uno spastico per il resto della sua vita. Io solo me la sono cavata durante la Grande Guerra, grazie a quel provvidenziale soffio al cuore, ma ho compensato in qualche modo la cosa facendo il mio apprendistato nel cantiere e costruendo incrociatori pesanti.» Si voltò per un attimo verso di lei. «Potresti dire, immagino, che fu il tuo povero fratello David per via remota e indiretta a rispettare la tradizione familiare, prendendo il mio posto e rovinandosi il cervello a Château-Thierry, con il risultato che oggi continua ad aggirarsi in quell'ospedale per ex combattenti di Perry Point...»

«Basta» sussurrò lei, e lasciò cadere lentamente la testa contro lo schienale. Non aveva ancora cinquant'anni. Anni prima, nella nebbia dei miei ricordi più lontani, i suoi capelli erano diventati grigi, e adesso erano quasi tutti bianchi, anche se singolarmente soffici e splendenti per la sua determinazione di conservare qualche traccia della bellezza di un tempo. Mi ricordavano il bianco delle gardenie, e adesso le ciocche lucenti vicine alla fronte erano umide e scurite dalle lacrime. «Non aggiungere altro, ti prego.»

Chiaramente mio padre era sconvolto dallo sfogo a cui si era abbandonato. Aveva anche lasciato (senza volerlo, credo) che una meditazione sulla guerra dilagasse oltre i limiti di un pensiero inespresso – fino a diventare una profezia riguardante il suo unico figlio ed erede. Come sempre, per quanto lo adorassi, mi imbarazzò il flusso emotivo che lo portò, con una passionalità insieme goffa e vibrante, a girarsi e a stringere con entrambe le braccia la testa di mia madre e la mia, come se cercasse di fonderle in una, mormorando: «Miei cari... miei cari».

Non appena le parole di Halloran lacerarono il velo della memoria e la nebbia prodotta dal whiskey, mi resi conto che si stava avvicinando alla conclusione di una storia che già ci aveva raccontato. Stiles e io guardavamo con pazienza il colonnello mentre riassumeva il suo ruolo di protagonista. Era ormai giunto, tutto soddisfatto, in prossimità dell'epilogo. Gli brillavano i denti sotto quei baffoni da attore di varietà e la risata che gli montava dal petto gli aveva fatto perdere quasi del tutto il filo del discorso. «Willie, dunque,» ansimò «si trovò a letto con questa Ludmilla. Erano ancora vestiti, ma lui era ormai sicuro di farsela. E poi allungò le mani, voi sapete dove, e lei gemeva e mugolava, e all'improvviso Willie sentì» – ansimò ancora – «quello che era evidentemente un grosso e duro... cazzo... russo!»

Dal momento che simulare una risata con convincente entusiasmo è un'altra delle mie doti mondane, mi unii a Stiles in un'esplosione d'allegria. «Oh accidenti!» gridai.

«Quella Ludmilla, insomma, non era una lei, ma un lui. Era un finocchio russo bianco. Voglio dire, uno di quelli come li chiamate...»

«Una checca? Un travestito?» suggerì Stiles.

«Sì, ecco. E come se la squagliò in fretta Willie da quel posto!»

La nostra risata si spense, ma durante i suoi ultimi echi Halloran assunse un'aria meditabonda: «Praticamente Willie non si riprese mai più dopo questo episodio, ma di sicuro è una bella storia». Una nota di gravità s'insinuò nella sua voce. «Gesù, immaginate come deve essersi sentito dopo. Pensando al bacio, voglio dire. All'aver infilato la lingua nella bocca di quell'Igor o Boris o come cazzo si chiamava.» Rabbrividì. «Terribile!»

«Viene la nausea solo a pensarci» disse Stiles, compiacente.

«Ma perché diavolo stai piangendo, Paul?» sentii che Halloran diceva, riportandomi di colpo al presente. Certo, sul viso di una persona la linea di confine fra ilarità e sofferenza può essere vaga; il che mi diede la possibilità di portarmi una mano alla fronte e coprirmi gli occhi, mormorando: «Che ridere, che ridere», e lasciare che lacrime d'afflizione continuassero a scorrere sulle mie guance. In realtà quella nostalgia di casa che mi aveva sorpreso al mio risveglio sul ponte, aveva ormai pervaso il mio spirito, e mi sentivo smarrito e vulnerabile, come non mi era mai accaduto da quando mi ero arruolato. Sono convinto che il ricordo della desolazione di mio padre mi avesse reso consapevole del potere della storia di sacrificare totalmente un'umanità composta di nullità trascurabili com'ero io. Che cosa sto facendo in questa strana fottuta orribile guerra? pensai, sbalordito dalla freschezza verginale della domanda che mi stavo ponendo. Mi alzai dalla cuccetta e mormorai frettolose parole di scusa, dicendo che avevo bisogno di andare al cesso, ma una volta uscito dalla cabina mi avviai lungo il fetido corridoio nella direzione opposta e sbucai di nuovo sul ponte. Per un po' restai appoggiato al parapetto, lasciando che quelle lacrime catartiche gocciolassero in mare mosse dal vento. Dopo le ore e i giorni innumerevoli in cui mi ero preparato alla guerra, avvertivo la prima piccola crepa nell'armatura della mia spavalderia; accettavo la dolce logica della voce interiore che mi diceva: *In realtà sei contento che domani non dovrai invadere quell'isola; e sarai felice di tornare a Saipan.* Poi scacciai questo infido avvocato dai miei pensieri, mi asciugai gli occhi e mi avviai a passo fermo verso la cabina, oltrepassando gruppi e capannelli di marines che stavano oliando i fucili e facendo risplendere le baionette come lance. «È vero, signore,» mi disse uno di quei ragazzi «che ci fermeranno? È vero che non sbarcheremo mai?»

«Signore, è vero quel che abbiamo sentito?» gridò un altro. «Che ci toccherà tornare a Saipan senza neanche essere entrati in azione?»

«Sinceramente non saprei» risposi. «Ma se è vero, ragazzi, ci avranno proprio fottuti.»

Rabbrividii per l'insincerità di quelle parole proprio mentre le pronunciavo: la loro falsità era vergognosa. Ma ero convinto che avrei ritrovato la mia abituale disinvoltura. Mi ero solo lasciato sorprendere con la guardia abbassata. In quel momento, però, ero sottosopra. Percorrendo il ponte (con la solita andatura spavalda), rallegrai i ragazzi con battutine futili, irrigidii il volto in un sorriso e continuai a mormorare a me stesso con ritmica fatuità: *Tu ami il Corpo dei marines, è una guerra favolosa, tu ami il Corpo dei marines, è una guerra favolosa...*

Shadrach

La mia decima estate sulla terra, nell'anno 1935, mi resterà sempre impressa nella mente per via di Shadrach e del modo in cui illuminò e oscurò la mia vita, allora e dopo. Sembrava sbucato dal nulla quando comparve a mezzogiorno nel villaggio della Tidewater Virginia dove sono cresciuto. Era una nera figura d'incredibile vetustà, debole e tremante, con gengive bluastre e un ghigno perenne, caricatura di una caricatura in un'epoca in cui ogni negro tremolante e decrepito era (agli occhi della società, e non solo a quelli di un ragazzino bianco del Sud) un incrocio fra Stepin Fetchit e Uncle Remus. Nel giorno in cui parve materializzarsi davanti a noi, come sceso dal cielo, stavamo giocando a biglie. Oggi è raro che i ragazzini ci giochino, ma nel 1935 le biglie erano un'ossessione, una passione infantile che precedette nel tempo lo yo-yo. Ammiravamo quelle eleganti sfere multicolori come re e principi ammirano smeraldi e rubini; avevano una loro consistenza, solida e insieme sfuggente, che evocava il piacere tattile – lo stesso godimento estetico unito al gusto dell'opulenza – di piccoli e preziosi globi di giada. Così, tra le altre cose, il mio ricordo di Shadrach è legato alla sensazione marmorea delle biglie nelle dita e all'odore della terra fresca e nuda ai piedi di un sicomoro, in una giornata di caldo soffocante, e anche a un altro odore (parte ineffabile di quel momento), un fetore primordiale che quell'epoca schizzinosa aveva battezzato «odore del corpo», e che emanava da un ragazzo soprannominato Talpino Dabney, il mio avversario di gioco. Aveva anche lui dieci anni e non risultava avesse mai usato il sapone Lifebuoy, né altro detergente.

Questo mi porta a parlare fin d'ora dei Dabney. Mi rendo infatti conto che devo occuparmi di loro se voglio spiegare il mistero di Shadrach, che, in un certo senso, era un Dabney anche lui. I Dabney non erano nostri vicini in senso stretto; abitavano quasi in fondo alla strada, in una casa logorata dalle intemperie, senza neppure un prato. Nel cortile sul davanti, privo d'erba e di armonia, erano ammassati alla rinfusa frigoriferi sventrati, generatori elettrici e cucine a gas, nonché le carcasse di due o tre automobili, ridotte a meri scheletri e abbandonate sotto i sicomori come enormi insetti arrugginiti. Tra questi scarti spuntavano folti ciuffi di erbacce e malvarose, denti di leone appassiti, girasoli. Il commercio di rottami e di pezzi di ricambio per auto era una delle attività secondarie del signor Dabney. Faceva anche altri lavoretti, ma il contrabbando di bevande alcoliche era la sua fonte di guadagno principale.

Come tanti nobili cognomi della Virginia, quali Randolph, Peyton, Tucker, Harrison, Lee, Fitzhugh e decine di altri, anche Dabney è un patronimico illustre, ma con il suo attuale esponente, battezzato Vernon, aveva perso tutto il suo splendore. Vernon Dabney sarebbe dovuto andare all'università della Virginia, ma aveva abbandonato gli studi dopo la quinta elementare. Non per sua colpa; non aveva responsabilità alcuna nel decadimento della famiglia. Si diceva che suo padre (rampollo di quell'antico e illustre ceppo, ma uomo senza carattere e con un debole per la bottiglia) avesse a suo tempo sceso molti gradini della scala sociale, rinunciando allo status di membro di una delle First Families of Virginia per sposare un'indiana mezzosangue Mattaponi o Pamunkey delle zone attorno al fiume York, dalla quale il figlio aveva forse ereditato i capelli neri e il colorito opaco e giallognolo.

Il signor Dabney – che a quel tempo doveva essere sulla quarantina – era un ometto di bassa statura, un imprenditore attivissimo dall'aria scontrosa e preoccupata, con le labbra perennemente serrate, soggetto talvolta a scoppi violenti di collera. Si esprimeva in un linguaggio ridicolmente osceno, e fu da lui che imparai le mie prime parolacce. Era con diletto – con quella stessa mescolanza di morbosa e compiaciuta consapevolezza del peccato, sperimentata otto anni dopo nell'abbordare per la prima volta una prostituta – che ascoltavo il signor Dabney usare, nei frequenti accessi di rabbia, parole che a casa mia erano proibite. Le sue bestemmie e le sue oscenità, lungi da spaventarmi, mi davano i brividi per la loro magnificenza. Mi esercitavo a pronunciarle in segreto, ricavando dalle loro sconce associazioni quella che, in una vaga prospettiva pediatrica, potevo riconoscere come un'eccitazione erotica. «Figlio di puttana troia da casino merda Gesù Cristo vaso di piscio buco di culo!» gridavo rivolto a uno sgabuzzino vuoto mentre sentivo rizzarsi il mio piccolo uccello di decenne. Comunque, sebbene potesse a volte apparire sinistro e minaccioso, il signor Dabney non mi intimidiva, perché aveva un lato umano e gentile. Era capacissimo di maledire moglie e figli, e il nugolo di cani bastardi e gatti randagi che affollavano la casa, e il capretto addomesticato che aveva sorpreso una volta nell'atto di divorare le sue scarpe nuove Thom McAn da tre dollari, ma io sapevo che anche le manifestazioni più violente si riducevano in genere a meri sfoghi verbali. Come l'odio plateale e inspiegabile che nutriva per Franklin D. Roosevelt. Quasi tutti i diseredati della Tidewater, come ogni povero d'America, veneravano FDR, ma non il signor Dabney. Molti anni dopo ipotizzai che questa irosa avversione scaturisse da una nostalgia struggente per le proprie origini aristocratiche.

Oh, come mi piacevano i Dabney! Avrei addirittura voluto essere io stesso un Dabney – cambiare il mio nome da Paul Whitehurst a Paul Dabney. Andavo da loro il più spesso possibile, estasiato da quel disinvolto squallore. Ma non voglio dare l'impressione che fossero personaggi genere *Via del tabacco*; i Dabney erano di un'altra stoffa. C'erano, tuttavia, delle somiglianze. La madre, Trixie, era una grassona sempre sudata e di buon cuore, un vero pan di zucchero, spesso ubriaca. Era lei, ne sono convinto, a diffondere la sciatteria nella casa. Io però l'amavo con passione, come amavo e invidiavo tutta la tribù e la totale assenza in loro di quelle aspirazioni borghesi e di quella signorilità che erano mio retaggio familiare. Invidiavo la loro brulicante moltitudine – i loro sette figli – che faceva risaltare come sterile, viziata e solitaria la mia condizione di figlio unico. Soltanto il commercio illecito del whiskey evitava alla famiglia la più assoluta indigenza, e io li invidiavo per questa semipovertà. Nonché per la loro religione. Erano battisti: e come presbiteriano suscitavano la mia invidia. Venire immersi completamente nell'acqua battesimale: tutti bagnati, a nostro agio in quell'elemento naturale! Vivevano in una casa dove non c'erano né libri né altre cose da leggere, a parte i giornali a fumetti – altro motivo d'invidia. Invidiavo lo smodato disordine, i letti sfatti e maleodoranti, gli scarafaggi, il linoleum pieno di crepe che ricopriva il pavimento, i brutti cagnacci rognosi che vagavano liberi per la casa e il cortile. Aspiravo insomma con una certa perversione – per usare un'espressione sconosciuta a quei tempi – a una mobilità discendente. Afflitto all'età di dieci anni da *nostalgie de la boue*, mi sentivo deprivato da un minimo di depravazione. Naturalmente, ero troppo piccolo per capire che una delle innumerevoli cose di cui i Dabney erano vittime era la Grande Depressione.

Eppure, sotto quella patina di squallore, la famiglia non era priva di beni. La casa fatiscente in cui abitavano era in affitto, come quasi tutte le abitazioni del nostro villaggio, ma ne possedevano una altrove, e parlavano a volte della Fattoria, situata molto più a monte del fiume, nella contea di King and Queen. Il signor Dabney l'aveva ereditata dal padre dissoluto, e apparteneva alla famiglia da generazioni. Come proprietà non doveva essere un granché, altrimenti l'avrebbero venduta da anni, e quando, molto tempo dopo, studiai a fondo la storia della Tidewater Virginia – quel primordiale territorio americano dove il suolo era stato inaridito completamente dal tabacco, devastato e distrutto un secolo prima che l'oro della California diventasse un'idea, non dico una speranza, né tantomeno un sogno rivolto a ovest –, mi resi conto che la fattoria Dabney doveva essere un insignificante e patetico relitto come le decine di "piantagioni" desolate e abbandonate, disseminate nelle cento miglia di terreni fluviali fra il Potomac e il James. Lo scheletro, privo d'intonaco, di una squallida casa colonica tre volte ricostruita, circondata da qualche misero ettaro che produceva granturco e legname di seconda qualità: tutto lì. Ciononostante era in questa dimora ancestrale che i nove Dabney, stipati come sardine su una Ford Modello T vecchia di quindici anni, piena di ammaccature e con tutte le piaghe del decadimento terminale, si recavano ogni agosto a soggiornare per un mese, mostrando in apparenza un disincantato disinteresse per il luogo della villeggiatura, proprio come i Rockefeller quando si trasferivano a Pocantico Hills. Ma le loro non erano semplici vacanze. Io allora lo ignoravo, ma scoprii in seguito che le vallette boscose e le radure abbandonate della spopolata contea di King and Queen erano per ogni contrabbandiere d'alcolici il nascondiglio ideale per distillare alcol puro, e l'esodo alla Fattoria non aveva soltanto finalità ricreative: ogni Dabney, a prescindere dall'età e dal sesso, contribuiva almeno in parte al processo di distillazione, limitandosi magari a sgranare il mais.

Tutti e tre i ragazzi Dabney erano soprannominati Talpa, e per distinguerli ci si affidava a una nomenclatura logica: Talpino, Talpa e Talpone; credo di non aver mai saputo come si chiamassero in realtà. Quello con cui stavo giocando a biglie quando Shadrach aveva fatto la sua comparsa, era la più giovane delle tre Talpe. Talpino era un bambino incredibilmente brutto, avendo in comune con i fratelli una miscela ereditaria di occhi sporgenti da tiroideo, naso schiacciato e mascella prominente, tutti tratti che (lo dico a posteriori) corrispondevano più o meno alla fisionomia del criminale descritta da Cesare Lombroso. Ancor più notevole era il fatto – sufficiente a giustificare il loro soprannome collettivo – che, dimensioni a parte, erano copie quasi esatte l'uno dell'altro, e apparivano, più che fratelli, monotoni cloni, come se Talpone avesse riprodotto Talpa, il quale a sua volta aveva creato Talpino, il mio puzzolente compagno di giochi. Nessuna delle Talpe aveva mai desiderato fare un bagno – né vi era stata costretta – e ciò determinava un altro fenomeno. Nella grande e squallida scuola rurale unificata che tutti frequentavamo, ci si accorgeva subito della presenza di uno qualsiasi dei fratelli Dabney dal cerchio di banchi vuoti che isolava ognuno di loro dai compagni, i quali, allontanandosi dall'effluvio senza nemmeno addurre una scusa, abbandonavano la povera Talpa alla sua solitudine, come una sorta di batterio su un vetrino di microscopio, le cui deiezioni nocive avessero distrutto tutt'intorno qualsiasi traccia di vita.

Per contrasto – oh, l'assurdità della genetica! – le quattro ragazze Dabney erano bionde, fragranti di profumo Woolworth, formose, con natiche sensuali nella loro rotondità, e almeno due di loro erano state ingravidate e sposate quand'erano ancora adolescenti. Oh, quelle bellezze perdute...

Quel giorno Talpino prese la mira con una luccicante biglia di un surreale calcedonio; aveva verruche sulle dita, e per il mio olfatto odorava di purissima Talpa. Il risultato fu che la mia agata andò a finire fra le erbacce.

Fu allora che comparve Shadrach. Avvertimmo misteriosamente la sua presenza, alzammo gli occhi e lo trovammo lì. Non lo avevamo udito avvicinarsi; era arrivato in silenzio, come per miracolo, quasi fosse stato calato sulla terra a bordo di un marchingegno celestiale, azionato da mani invisibili. Era straordinariamente nero. Non avevo mai visto un negro con un colore di pelle così impenetrabile: una sfumatura di nero talmente intenso da non riflettere luce; i lineamenti del viso erano come cancellati e quel nero aveva assunto un'arcana tonalità, che ricordava il grigio azzurro della cenere. Appollaiato su un parafango, ci sorrideva dalla carcassa arrugginita di una Pierce-Arrow. Era un sorriso beato, che scopriva le gengive di un viola mortifero, le radici giallastre di due denti e una lingua mobile e umida. Rimase a lungo in silenzio e, senza smettere di sorridere, si toccò silenziosamente l'inguine con una mano deformata e raggrinzita dagli anni: le ossa, che si muovevano sotto la pelle nera, avevano chiari contorni scheletrici. Con l'altra mano stringeva forte un bastone da passeggio.

Fu allora che trattenni il respiro pensando con meraviglia alla sua età, di certo impossibile da definire. Sembrava più vecchio di tutti i patriarchi della *Genesi*, i cui nomi mi si affollavano nella mente in una litania della scuola domenicale: Lamech, Noè, Enoch e quel vecchio imperituro fossile ebraico di Matusalemme. Talpino e io ci avvicinammo, e m'accorsi che il vecchio doveva essere, almeno in parte, cieco: le cataratte gli appannavano gli occhi come amnio lattiginoso, le cornee erano inondate di catarro. Non era però completamente privo della vista. Me ne accorsi dal modo in cui seguiva il nostro accostarci; al di sopra di quel dolce e inestinguibile sorriso s'intuivano guizzi di saggio riconoscimento. La sua figura continuava ad avere per me dei tratti biblici che m'inquietavano: mi sentivo attratto da lui, sull'onda di un impulso irrefrenabile, di una devozione quasi religiosa, come se fosse stato il profeta Elia mandato a portare luce e verità nel mondo. Il lustro vestito di mohair nero che aveva addosso, di quelli acquistati per corrispondenza, era sformato, sfilacciato, striato di polvere e con i polsini slabbrati, e da una delle scarpe rotte, alte fino alle caviglie, usciva un alluce nero. Aveva tuttavia una dignità ecclesiastica che mi suggestionava, alimentando in me un senso di reverenza.

Era piena estate. Persino gli alberi sembravano al limite della combustione; un tordo cominciò a cantare nelle vicinanze con note limpide e gorgoglianti. Mi avvicinai ancora di più al nonnino, attraversando uno sciame di pasciute mosche verdi intente a divorare con voracità i rifiuti di vario genere che tappezzavano il cortile dei Dabney. Rivoli di sudore grondavano da quell'antico viso nero. Lo udii infine parlare, con voce senescente e così debole e confusa che mi ci volle un po' per decifrarla. Ma ci riuscii: «Lode al Signore. Lode al Suo dolce nome! È arrivato nella Vecchia Virginia!».

Mi fece cenno di avvicinarmi con una delle lunghe dita, ossute e bituminose; e io sulle prime mi allarmai, ma poi mi sembrò che il suo dito si muovesse con la grazia di un innocuo serpentello. «Sali sulle ginocchia del vecchio Shad» disse. Cominciavo a decodificare la sua vischiosa dizione, comprendendo che bastava coglierne certi ritmi interni; ma quel gutturale suono d'Africa era comunque una parlata negra che non avevo mai udito prima d'allora. «Su, sali» ordinò. E io obbedii. Obbedii con amore e con ardore; e fu come accostarsi al petto di Abramo. Mi sedetti sulle sue ginocchia cadenti, toccando con le dita una catena d'ottone che si snodava sul panciotto macchiato di unto; da un capo della catena pendeva un orologio placcato di nichel sul cui quadrante i guantoni neri di Topolino segnavano il mezzogiorno. Ridacchiando, rannicchiato contro il suo petto sacerdotale, aspiravo l'odore della vecchiaia – indefinibile e non esattamente sgradevole, ma stantio, come l'odore di un armadio rimasto a lungo chiuso – mescolato a effluvi di stoffa non lavata e di polvere. A pochi centimetri di distanza da me la lingua vibrava nella buia gola come il battaglio rosa di una campana dal suono roco. «Sei proprio un tesoro» mormorò. «Sei un Dabney?» Risposi, con rammarico: «No», e indicai Talpino. «Lui è un Dabney» dissi.

«Anche tu sei un tesoro» disse allora, chiamando Talpino con l'indice teso, nero, tremante, sinuoso. «Oh, sei un vero tesoro!» si levò gioiosa la sua voce. Talpino pareva perplesso. Sentii tremare tutto il corpo di Shadrach; con mio sconcerto, lo emozionava vedere un Dabney in carne e ossa, e mentre allungava una mano verso il ragazzo, lo udii di nuovo sussurrare: «Lode al Signore! È arrivato nella Vecchia Virginia!».

Ma in quello stesso istante ebbe una crisi spaventosa – evidentemente dovuta al caldo. Certo, non poteva impallidire, ma qualcosa di grandioso e di vitale si dissolse nella nera eternità del suo viso; la vecchia pelle raggrinzita delle guance s'afflosciò, gli occhi lattiginosi presero a roteare; emettendo allora un debole gemito, si lasciò cadere sul sedile sfondato della macchina con le molle scoperte e i buchi che vomitavano crine di cavallo.

«Acqua!» lo udii gridare flebilmente, «Acqua!» Scivolai dalle sue ginocchia e guardai quelle ossute gambe nere, esili come alberelli di pino, che cominciavano a tremare e ad agitarsi. «Acqua, per favore!» lo udii implorare, ma Talpino e io non avevamo bisogno di particolari incitamenti; ce ne andammo di corsa verso la cucina e l'ingombro e maleodorante lavello. «Il vecchio colorato sta morendo!» piagnucolava Talpino. Prendemmo un bicchiere incrinato, facemmo scorrere l'acqua dal rubinetto, e nel frattempo avanzammo ipotesi: Talpino congetturò un colpo di calore, io teorizzai un attacco cardiaco. Strillavamo e farfugliavamo; discutemmo se l'acqua dovesse essere a temperatura corporea o ghiacciata. Talpino vi aggiunse mezza tazzina di sale, poi decise che bisognava scaldarla. Quel lungo indugio fu provvidenziale, perché parecchi minuti dopo, quando arrivammo di corsa con quella terribile pozione, scoprimmo che da un angolo lontano del cortile era sbucato fuori Dabney padre il quale, assumendo il controllo della situazione, aveva strappato Shadrach dal sedile della Pierce-Arrow, trascinandolo o trasportandolo per quel tratto di terra sino ad appoggiarlo a un tronco d'albero; e adesso con una canna da giardino versava acqua nella sua bocca spalancata. Il vecchio bevve a sazietà. Poi il signor Dabney, quell'ometto dall'aria tenace e risoluta nella tuta da lavoro sformata, si chinò sul patriarca prostrato, tirò fuori di tasca una bottiglia da un quarto, e gli rovesciò in gola un fiotto cristallino di whiskey. Nel frattempo borbottava fra sé e sé con uno stupore misto a eccitazione: «Be', porca troia. Chi sei, vecchio? Ma chi cazzo sei?».

Udimmo Shadrach emettere un soffocato colpo di tosse; poi tentò di articolare qualcosa che assomigliasse a un discorso. Ma la parola che riuscì quasi a pronunciare fu inghiottita e si perse nella cavità della gola.

«Che cosa ha detto? Che cosa ha detto?» domandò il signor Dabney con impazienza.

«Ha detto che si chiama Shadrach!» gridai, fiero di essere apparentemente il solo in grado d'intendere quell'oscuro dialetto negro, reso ancor più incomprensibile dalle incerte cadenze della vecchiaia.

«E che cosa vuole, Paul?» mi disse il signor Dabney.

Mi chinai accostando il volto a quello di Shadrach, che aveva di nuovo un'aria contenta. Al mio orecchio la sua voce era insieme dolce e sommessa, un gargarismo beato: «Morire nella terra dei Dabney».

«Penso che abbia detto» comunicai «di voler morire nella terra dei Dabney.»

«Be', che mi venga un colpo!» disse il signor Dabney.

«Lode al Signore!» gridò Shadrach all'improvviso, con una voce comprensibile persino al signor Dabney. «È arrivato nella Vecchia Virginia!»

Il signor Dabney urlò nel mio orecchio: «Domandagli da dove viene!».

Mi accostai di nuovo a quel nero volto emaciato e rivolto al sole cocente; sussurrai la domanda e la risposta arrivò dopo un lungo silenzio, in uno spasmodico balbettio. Potei così riferire al signor Dabney: «Dice che viene dalla contea di Clay, nell'Alabama».

«Nell'Alabama! Oh, cazzo!»

Mi sentii tirare per la manica, e mi chinai di nuovo ad ascoltare. Trascorsero parecchi secondi prima che potessi distinguere i contorni delle parole che lottavano per acquistare un significato su quella lingua convulsa e ingovernabile. Ma alla fine riuscii a decifrarle e a dar loro un ordine.

«E adesso che cosa ha detto, Paul?» domandò il signor Dabney.

«Ha detto che vuole sia lei a seppellirlo.»

«Seppellirlo!» gridò lui. «Come faccio a seppellirlo? Non è neanche morto!»

Dal petto di Shadrach uscì allora un suono dolce e acuto che, modulato su una nota di purissima sofferenza, mi sorprese sfociando all'improvviso in una blanda e remota risatina; il whiskey stava avendo il suo effetto. Il roseo battaglio della lingua ciondolava nella caverna della sua vecchia bocca raggrinzita. Shadrach sogghignò.

«Chiedigli quanti anni ha, Paul» mi fu ordinato. Glielo chiesi. «Novantanove» fu la glutinosa risposta.

«Dice di averne novantanove» riferii, alzando lo sguardo da quell'abisso senza tempo.

«Novantanove! Be', che mi venga un colpo!»

A questo punto cominciarono ad arrivare altri Dabney, tra cui la madre, Trixie, e le due Talpe più grandi, nonché una delle figlie adolescenti, un po' balena ma di una struggente bellezza mentre fluttuava sulla cresta della gravidanza, accompagnata dal suo corpulento sposo adolescente, con la pelle traforata dall'acne. Arrivò anche un drappello di vicini bisbiglianti: operai del cantiere navale con il viso arrossato dal sole e camicie sportive di poco prezzo, sgambettanti bambini dai capelli stopposi e un quartetto di casalinghe scheletriche con vestiti a sacco chiazzati da mezzelune bluastre di sudore sotto le ascelle. Nel mio ricordo rappresentano un quadro dolente di quegli anni stremati. Chiacchieravano tra loro esprimendo stupore davanti alla figura di Shadrach, che, paralizzato dall'alcol, dal caldo, dall'infermità e dai suoi novantanove agosti, sorrideva radioso e alzava al sole gli occhi catarrosi. «Lode al Signore!» bofonchiò.

Lo tirammo in piedi, sorreggendo il suo corpo antico e fragile, quasi senza peso, mentre lui s'avviava zoppicando in punta di piedi, come a passo di danza, verso la casa, dove lo depositammo su un dondolo sfondato nella veranda sul retro, in una fragranza di orina di cani, di tabacco e di muffa. «Hai fame, Shad?» tuonò il signor Dabney. «Mamma, porta qualcosa da mangiare a Shadrach!» Sprofondato sul dondolo, il decrepito visitatore s'ingozzò come uno salvato appena in tempo dalla morte per fame: divorò tre cantalupi, trangugiò più scodelle di fiocchi di riso e, lavorando di gengive, riuscì a dar fondo anche a una focaccia di mais unta di lardo. Noi lo fissavamo in un silenzio attonito. E sotto il nostro sguardo solenne e attento, con estrema cautela e delicatezza, si appoggiò allo schienale di quei fetidi cuscini, e con un sospiro sommesso si addormentò.

Qualche ora dopo – sul finire del pomeriggio, quando Shadrach si svegliò, e poi nel corso della sera – il mistero dell'apparizione del vecchio venne a poco a poco svelato. Una delle figlie di Dabney, di nome Edmonia, era una dodicenne dal viso di cerbiatta: la sua bellezza delicata (che risaltava in particolar modo se paragonata alla bruttezza dei fratelli) nonché i suoi seni precocemente sviluppati e le natiche avevano suscitato in me – nonostante la giovane età – una voglia conturbante e insoddisfatta. Ero soggiogato dalla tranquillità e dalla disinvoltura con cui asciugava la bava dalle labbra di Shadrach. Possedeva come me qualche innata dote d'interprete, e grazie ai nostri sforzi congiunti fu possibile, con il passare delle ore, mettere insieme una spiegazione che svelasse il mistero dell'identità del vecchio e del suo inspiegabile e ineluttabile arrivo.

Rimase sul dondolo; gli mettemmo un altro cuscino sotto la testa. Placando la sua fame da lupo con barrette di cioccolato e, in seguito, con sorsate dalla bottiglia del signor Dabney, riuscimmo a estrarre da quelle decrepite labbra una biografia frammentaria, sintetica, ma ragionevolmente coerente. Poi cominciammo a preoccuparci perché, come notò uno degli adulti, sembrava che il vecchio Shad avesse la febbre; ogni tanto strabuzzava quegli occhi semiciechi, e i grumi di muco che gli salivano in gola rendevano ancor più difficile capire le sue parole. Cominciammo tuttavia a intuire la verità. In particolare c'era una frase, più e più volte ripetuta, che ancora ricordo: «Io è Dabney». Queste parole ci fornirono la chiave principale della sua storia.

Nato schiavo nella piantagione dei Dabney nella contea di King and Queen, era stato venduto in Alabama nei decenni precedenti la guerra di Secessione. Sulla data della vendita i ricordi di Shadrach erano imprecisi. A un certo punto disse «cinquanta» intendendo 1850, e un'altra volta disse «cinquantacinque», ma era un particolare di scarsa importanza; aveva probabilmente fra i quindici e i venticinque anni quando il suo padrone – bisnonno di Vernon Dabney – se ne sbarazzò, cedendolo a uno dei tanti mercanti che vagavano nelle terre prostrate della Virginia in quella tormentata epoca lontana; e poiché, pur confuso com'era, usò la parola "convoglio" (un termine che andava oltre le mie capacità di comprensione di decenne, ma di cui in seguito capii il significato), doveva aver fatto a piedi mille chilometri sino all'Alabama, in compagnia di Dio sa quanti altri schiavi neri, incatenati l'uno all'altro.

Questo insomma, come cominciammo a mano a mano a scoprire, era il viaggio di ritorno di Shadrach alla Vecchia Virginia – tre quarti di secolo o giù di lì dopo essere partito dalla terra in cui era nato, era cresciuto e aveva vissuto i suoi anni felici. Felici? Chi può dirlo? Ma dovevamo presumere che lo fossero stati – altrimenti come si spiegava questo incredibile pellegrinaggio alla fine della sua vita? Come aveva già annunciato con inatteso fervore, voleva soltanto morire ed essere sepolto nella «terra dei Dabney».

Apprendemmo che dopo la guerra era diventato un mezzadro, che aveva avuto tre mogli e molti figli (una volta disse dodici, un'altra quindici; non ha molta importanza, erano comunque un esercito); ed era sopravvissuto a tutti, spose e prole. Persino i nipoti erano morti o erano in qualche modo scomparsi. «Sono stato privato di tutti i miei» era un'altra frase che ricordo ancora testualmente. In questo stato di privazione e sentendo (come spiegò allegramente a tutti quelli che gli si erano raccolti intorno) l'imminenza della morte nella carne e nelle ossa avvizzite, era partito dall'Alabama a piedi – proprio come vi era arrivato – per ritrovare la Virginia della giovinezza.

Mille chilometri! Il viaggio, a quanto potemmo dedurre, era durato più di quattro mesi, essendo lui partito dalla contea di Clay all'inizio della primavera. L'aveva fatto quasi tutto a piedi, anche se ogni tanto aveva accettato un passaggio – quasi sempre, si può star certi, offertogli dai pochi negri provvisti di macchina nel Sud rurale di quegli anni. Aveva risparmiato un po' di dollari, che gli avevano permesso di provvedere al proprio sostentamento. Dormiva sul ciglio della strada o nei granai; ma accadeva anche che gli desse riparo un'ospitale famiglia negra. In questa lunga marcia aveva attraversato la Georgia e le due Caroline, nonché la Virginia meridionale. Il suo itinerario resta una mera congettura. Non sapendo leggere né i cartelli né le carte stradali, procedeva verso nord a lume di naso, un modo assolutamente imperfetto di orizzontarsi (come confessò a Edmonia con una risatina), e a un certo punto si era addirittura smarrito, tanto da finire non solo molto lontano dalla strada giusta, ma in una città e in uno Stato del tutto fuori dal suo percorso: Chattanooga nel Tennessee. Aveva però fatto dietro front e aveva proseguito. Ma com'era riuscito, una volta giunto in una Virginia piena zeppa di Dabney, a rintracciare il solo che gli interessasse, il solo che fosse non soltanto il proprietario del luogo in cui era nato ma l'uomo da cui si aspettava senza esitazione alcuna che sovrintendesse alla sua imminente dipartita e lo seppellisse nella terra dei loro rispettivi avi? Come aveva trovato Vernon Dabney? Il signor Dabney (nonostante il carattere irascibile) non era certo un uomo malvagio o ingeneroso, ma in quel triste e misero 1935 era pur sempre un'anima afflitta da molte calamità, a corto non solo di dollari ma perfino di centesimi, oppresso com'era da una moglie elefantiaca e alcolizzata, oltre che da tre figli inetti e da due figlie incinte, più altre due che probabilmente lo sarebbero state presto, e dovendo vivere costantemente sotto la minaccia degli agenti del fisco, pronti a piombargli addosso e a togliergli i mezzi di sostentamento, spedendolo, magari, per cinque o sei anni nel penitenziario di Atlanta. Non aveva nessun bisogno di ulteriori fardelli o preoccupazioni, e ora, nel frinire delle cavallette di quelle ore calde della sera estiva, lo vidi guardare la vecchia e coriacea faccia nera del morente con un'espressione in cui si mescolavano compassione e sbalordimento, rabbia soffocata e disperazione, e poi sussurrare tra sé e sé: «Vuole morire nella terra dei Dabney! Be', che vada a farsi fottere, che vada a farsi fottere!». Si stava evidentemente domandando perché, fra tutta l'orda dei suoi parenti virginiani, Shadrach avesse scovato proprio lui, e si chinò per bisbigliargli: «Shad, Shad, come sapevi chi cercare?». Ma il febbricitante Shadrach era scivolato nel sonno, e la domanda, per quanto mi risulti, non ebbe mai risposta.

L'indomani fu chiaro che Shadrach stava malissimo. Nel corso della notte era caduto, chissà come, dal dondolo, e al mattino presto lo trovammo disteso sul pavimento che perdeva sangue. Lo fasciammo. La ferita sopra l'orecchio si rivelò superficiale, ma non gli aveva certo giovato; e quando lo adagiammo nuovamente sul dondolo sembrava in stato confusionale, quasi in delirio: si tirava la camicia, farfugliava e roteava i dolci occhi opachi verso il soffitto. Adesso, ogni volta che parlava, diceva cose che né Edmonia né io eravamo in grado di capire, un fievole e stridulo balbettio in un dialetto strascicato. Sembrava che non riconoscesse nessuno. Trixie, chinatasi su di lui mentre beveva una sorsata della prima Pabst Blue Ribbon della giornata, decise fermamente che non c'era tempo da perdere. «Tes,» disse al signor Dabney, usando il consueto vezzeggiativo (un diminutivo di Tesoro) «se dobbiamo andare alla Fattoria, è meglio che tiri fuori la macchina. Credo che non ne abbia per molto.» E così, ottenuto stranamente dai miei genitori il permesso di partecipare alla gita, m'infilai nel sedile posteriore della Modello T, con il privilegio di tenere sulle ginocchia, in un enorme e bisunto sacchetto, il pollo fritto che Trixie aveva preparato per il pasto di mezzogiorno alla Fattoria.

Non tutti i Dabney parteciparono al viaggio – le due figlie più grandi e Talpone restarono a casa –, ma eravamo ugualmente un gruppo numeroso. Noi bambini, grondanti sudore, eravamo stipati, pelle contro pelle, l'uno sulle ginocchia dell'altro, sul sedile posteriore, che riproduceva in miniatura il disordine della casa, con uno strame di bottiglie vuote di RC Cola e di Nehi, giornali a fumetti, scorze d'angurie, bucce di banana, manovelle di cric unte di grasso, ingranaggi di tutte le dimensioni sporchi d'olio e mucchi di kleenex appallottolati. Sotto ai miei piedi scoprii perfino (con grande disagio, avendo imparato da poco a riconoscere l'oggetto in questione) un raggrinzito e giallastro preservativo usato, abbandonato lì per caso, ne ero certo, dal boyfriend di una delle figlie maggiori, che aveva ottenuto in prestito il macinino per i suoi passatempi carnali. Era una luminosa giornata estiva, torrida come la precedente, ma i finestrini dell'auto non si chiudevano e ci arrivava una piacevole brezza. Shadrach sedeva nel mezzo del sedile anteriore. Il signor Dabney stava ingobbito sul volante, masticando un pezzo di tabacco e guidando cupo e concentrato; era in canottiera, e a me sembrava quasi di vedere la rabbia e la frustrazione nei muscoli contratti del suo collo. Borbottava imprecazioni contro la recalcitrante leva del cambio, ma per il resto parlava pochissimo, assorto com'era nella sua infelicità di capofamiglia. Trixie, talmente grossa che l'adipe delle spalle si riversava in una cascata lentigginosa sullo schienale del sedile, incombeva accanto a Shadrach; con la sua mole pareva in un certo senso avviluppare e insieme sostenere il vecchio, che dondolava la testa e sonnecchiava. I capelli che circondavano la lucente testa nera ricordavano, pensai, un'aureola delicata di brina o di schiuma purissima. Curiosamente, e per la prima volta dal suo arrivo, sentii una fitta di dolore e desiderai con tutto me stesso che non morisse.

«Tes,» disse Trixie, in piedi accanto al parapetto del piccolo traghetto che attraversava il fiume York, «che cosa sono quei grossi uccelli al seguito di quella barca?» La Modello T era stata la prima macchina caricata a bordo, e tutti noi ne eravamo scesi per guardare il fiume, lasciando lì Shadrach a dormire per i quindici minuti della traversata. L'acqua era azzurra, sfavillante di spuma bianca, bellissima. Un grosso rimorchiatore grigio avanzava scoppiettando, diretto verso il deposito di mine di Yorktown, e si trascinava dietro turbini di rifiuti e uno stormo di frenetici gabbiani. I loro gridi echeggiavano su tutto il pacifico corso d'acqua.

«Gabbiani!» disse il signor Dabney. «Non hai mai visto un gabbiano? Non posso credere che tu mi faccia questa domanda. Gabbiani. Stupidi e voraci bastardi.»

«Ma belli,» replicò lei sommessamente «così grossi e bianchi. Si possono mangiare?»

«Sono così duri che moriresti soffocata.»

Eravamo a metà della traversata, quando Edmonia andò a prendere una *ginger ale* nella macchina. Quando tornò, disse con una certa esitazione: «Mamma, Shadrach ha combinato un bel guaio: si è sporcato i pantaloni».

«Oh, Dio» disse Trixie.

Il signor Dabney s'aggrappò al parapetto e levò al cielo il piccolo viso contratto e tormentato. «Novantanove anni! Cristo onnipotente! Non è che un bimbetto di novantanove anni!»

«Ma puzza terribilmente» disse Edmonia.

«Perché, per tutti i diavoli, non è andato in bagno prima che partissimo?» disse il signor Dabney. «Non basta dover fare tre ore di macchina sino alla Fattoria, bisogna anche che...»

«Tes!» lo interruppe Trixie avvicinandosi pesantemente alla macchina. «Povero vecchio, non è colpa sua. Vedremo, Vernon, come te la caverai fra cinquant'anni con il tuo intestino.»

Una volta sbarcati dal traghetto, noi bambini, ripresi i nostri posti, ridacchiavamo e ci dimenavamo, tappandoci platealmente il naso e strascicando i piedi fra gli unti rifiuti sotto i sedili. Il tanfo era davvero insopportabile. Ma dopo qualche chilometro, nel piccolo villaggio di Gloucester Court House, sonnecchiante fra costruzioni settecentesche in mattoni coperte di rampicanti, Trixie pose rimedio alla situazione, pregando il signor Dabney di fermarsi al distributore Amoco. Shadrach si era in parte destato dalla catalessi. Si agitò irrequieto nella sua pozza d'imbarazzo e cominciò a emettere piccoli suoni nervosi, talmente contenuti da esprimere appena quella che doveva essere una vera e tremenda afflizione. «Su, su, Shad,» disse Trixie con dolcezza «Trixie s'occuperà di te.» E così fece, tirandolo fuori dalla macchina con modi suadenti e rimettendolo in piedi, per poi sospingere, con l'aiuto del marito, quel corpo ossuto da spaventapasseri, impegnato in una sorta di danza sulle punte, sino alla toilette con la scritta COLORED, dove, al suono attutito dell'acqua corrente, compì un rito accurato di pulizia. Poi lo riportarono alla macchina. E per la prima volta in quel mattino Shadrach parve veramente scuotersi dal torpore in cui era così bruscamente piombato qualche ora prima. «Lode al Signore!» lo udimmo dire, con voce fioca ma animata, mentre i coniugi Dabney lo riadagiavano, purificato, sul sedile.

Si guardò attorno, con guizzi di riconoscimento, rispondendo con sommesse risatine ai nostri piccoli gesti d'attenzione. Persino il signor Dabney parve aver ritrovato il buon umore. «Stai bene adesso, Shad?» gridò per farsi sentire attraverso il rombo del motore. Shadrach annuì e ridacchiò, ma restò in silenzio. Nella macchina aleggiava un'atmosfera di gioia e di ritorno alla vita. «Rallenta, Tes,» mormorò Trixie con indolenza, tracannando un sorso di birra «potrebbe esserci un poliziotto addetto al controllo della velocità.» Io mi sentivo euforico, e la speranza mi riempiva il cuore, mentre quel paesaggio fiorito scorreva davanti a me, nel verde rigoglio dell'estate odorosa di fieno e di caprifoglio.

Il rifugio agreste dei Dabney era, come ho già detto, fatiscente e primitivo, un vero esempio della decadenza dai fasti del passato. Dove un tempo sorgeva una dimora di quell'imponenza palladiana che era consona a ogni piantagione dell'epoca d'oro della Tidewater, si ergeva ora una costruzione certo più grande di una baracca, ma modesta sotto tutti gli aspetti. Di forma cubica, non dipinta, sostenuta da blocchi di cemento e sormontata da un luccicante tetto di lamiera, sarebbe stata un pugno nell'occhio ovunque, ma non nella contea di King and Queen, un territorio talmente sperduto e sottopopolato che solo di rado occhi umani si posavano su quella casa. Il bugigattolo della latrina, sul retro, ne accentuava lo squallore, e anche qui il cortile era disseminato di rifiuti. Ma gli ettari di verde che la circondavano erano paradisiaci; i campi vetusti e i boschi selvatici, lussureggianti di liquidambar, di querce e di cercis, erano tornati allo splendore primordiale dei tempi di Pocahontas e di Powhatan. Le viti affollavano i boschetti verde smeraldo che circondavano la casa da ogni lato, un delizioso inebriante profumo di cedro riempiva l'aria, e di notte la foresta echeggiava dei canti dei caprimulgi. La casa in sé era relativamente pulita, non in virtù degli sforzi dei Dabney, ma perché per la maggior parte dell'anno era disabitata.

Quel giorno, dopo il pasto a base di pollo fritto, e dopo aver infilato Shadrach fra le lenzuola pulite di un letto in una delle tante camere sommariamente arredate, ciascuno di noi si dedicò al suo svago preferito. Talpino e io passammo il pomeriggio a giocare a biglie nello spiazzo davanti alla casa, cercando riparo sotto l'ombra di un'antico e maestoso faggio; dopo aver strisciato per un'ora nella polvere, le nostre facce erano rigate di sporcizia. Poi facemmo un tuffo nella gora del mulino, che ebbe l'effetto, fra l'altro, di depurare Talpino dal suo consueto fetore. Gli altri bambini andarono a pescare pesci persici nel ruscello salmastro che attraversava i boschi. Il signor Dabney uscì con la macchina a comprare provviste nel negozio al bivio, sparendo poi nella boscaglia per trafficare con la sua ben nascosta distilleria. Nel frattempo Trixie s'aggirava a passi pesanti nella cucina e tracannava una Blue Ribbon dopo l'altra, interrompendosi ogni tanto per andare a vedere Shadrach. Anche Talpino e io andavamo a volte a dargli un'occhiata. Shadrach dormiva sodo e sembrava in pace, anche se a tratti il suo respiro si faceva affannoso e le lunghe dita nere davano convulsi strattoni all'orlo del lenzuolo, che lo copriva sino al petto come un bianco sudario. Poi il pomeriggio finì. Dopo una cena a base di pesce persico fritto, al tramonto andammo tutti a letto. Talpino e io eravamo distesi, nudi e accaldati, sullo stesso materasso, e soltanto una parete sottile come un foglio di carta ci divideva dal respiro di Shadrach, che si alzava e si abbassava nelle mie orecchie fra gli altri suoni notturni di quel luogo sperduto e tormentato del passato: cavallette e grilli e civette e il grido rassicurante – ora vicino, ora quasi impercettibile – di un caprimulgo.

Nella tarda mattinata del giorno seguente lo sceriffo della contea fece visita al signor Dabney. Al suo arrivo non ci trovò in casa, e gli toccò aspettarci: eravamo tutti al cimitero. Shadrach dormiva ancora, e noi bambini montavamo la guardia. Dopo il nostro turno, Talpino e io passammo un'ora girovagando per i boschi e giocando a dondolarci dalle viti, e quando uscimmo da una piccola pineta, mezzo chilometro circa dietro casa, c'imbattemmo nel signor Dabney e in Trixie. Stavano esplorando un tratto di terra pieno di rovi che era l'antico cimitero della famiglia. Era in un angolo tranquillo e assolato, dove le cavallette saltellavano nell'erba alta. Soffocato da arbusti, ortiche ed erbacce, segnato da lapidi sbilenche, non più cintato né curato da chissà quanti decenni, aveva ceduto all'invasione di una serie d'estati come questa, durante le quali persino il marmo e il granito si erano dovuti arrendere alla stretta mortale di radici sempre più estese e di verdi piante voraci.

Qui erano sepolti tutti i lontani antenati del signor Dabney, unitamente ai loro schiavi, che riposavano in un appezzamento pochi metri lontano – inseparabili dai loro padroni e padrone, ma pur sempre divisi nella morte come nella vita. Il signor Dabney sostava fra le pietre tombali degli schiavi guardando con aria cupa il groviglio di vegetazione e le piccole lapidi sbilenche in disfacimento. Aveva in mano una pala, ma non si era ancora messo a scavare. Guardai le lapidi, e lessi i nomi di battesimo, privi di cognomi, come quelli degli spaniel o dei gatti: Fauntleroy, Wakefield, Sweet Betty, Mary, Jupiter, Lulu. *Requiescat in pace. Anno Domini* 1790... 1814... 1831. Tutti Dabney, pensai, come Shadrach.

«Che io sia dannato se credo che ci sia ancora un centimetro libero» osservò il signor Dabney rivolgendosi a Trixie, e sputò nelle erbacce un grumo rossastro di succo di tabacco. «In questo pezzo di terra ci hanno ficcato dentro una caterva di zii Tom e di *mammies*. Devono stare spalla a spalla lì sotto.» Fece una pausa ed emise il tipico suono di quando era angustiato – una sorta di soffocato lamento funebre. «Cristo onnipotente! Non mi va proprio di scavare mezza tonnellata di terra!»

«Tes, perché non aspetti stasera per scavare?» disse Trixie. Cercava di farsi vento con un fazzoletto zuppo, e il suo viso – che avevo già visto altre volte in questo stato di prostrazione estiva – aveva lo stesso riflesso azzurrognolo stinto del latte scremato. Preannunciava di solito uno svenimento. «C'è un sole che ammazzerebbe un mulo.»

Il signor Dabney ne convenne, aggiungendo che non vedeva l'ora di bersi un bel bicchiere di tè ghiacciato, e tornammo a casa su un sentierino di terra nuda che attraversava serpeggiando un campo luccicante di verghe d'oro. Poi, non appena arrivammo sul retro della casa, vedemmo lo sceriffo che ci stava aspettando. Teneva un piede sul predellino della sua Plymouth berlina; sul paraurti anteriore faceva bella mostra di sé una tonda e massiccia sirena d'argento dall'aria minacciosa. Era un panciuto signore di mezza età, con un viso bruciato dal sole e solcato da rughe sottili, e occhiali con la montatura di metallo. Alla sua camicia, impregnata di sudore, era appuntata una stella placcata d'oro. Apparentemente cordiale, salutò senza formalità, dicendo: «'Giorno, Trixie. 'Giorno, Vern».

«'Giorno, Tazewell» replicò il signor Dabney, in tono solenne, ma con una punta di diffidenza. Poi, senza fermarsi, continuò ad arrancare verso la casa. «Vuoi un po' di tè freddo?»

«No, grazie» disse l'altro. «Fermati un momento, Vern. Devo dirti una cosa.»

Quel poco che sapevo bastava a farmi vagamente presagire che fosse sorto qualche problema relativo alla distilleria nei boschi, così trattenni il fiato, ma a quel punto il signor Dabney si fermò, si voltò e disse pacatamente: «Qualcosa non va?».

«Vern,» disse lo sceriffo «ho saputo che ti stai accingendo a seppellire nella tua proprietà un vecchio uomo di colore. Joe Thornton, giù al negozio, dice che gliel'hai detto tu. È vero?»

Il signor Dabney si portò le mani ai fianchi e lanciò un'occhiataccia allo sceriffo. Poi disse: «Joe Thornton è un maledetto inguaribile chiacchierone. Ma è vero. Che cosa c'è di male?».

«Non puoi» disse lo sceriffo.

Ci fu una pausa. «Perché?» disse il signor Dabney.

«Perché è contro la legge.»

Avevo già visto in passato il signor Dabney montare su tutte le furie, soprattutto per questioni inerenti la legge. Gli compariva sulla tempia una vena pulsante, e guance e fronte diventavano sempre più rosse; ora si verificarono entrambe le cose, e la venetta cominciò a contorcersi e dimenarsi come un verme. «Che cosa vuol dire contro la legge?»

«Esattamente questo. È contro la legge seppellire qualcuno in una proprietà privata.»

«Perché è contro la legge?» domandò il signor Dabney.

«Il perché non lo so, Vern» disse lo sceriffo, un po' esasperato. «So soltanto che è così.»

Il signor Dabney allargò le braccia – alzandole e poi abbassandole in un gesto rigido, risoluto, inflessibile, come un segnalatore della ferrovia.

«Giù in quel campo, Tazewell, si sono seppellite persone per quasi duecento anni. Io ho per le mani un vecchio decrepito. Era uno schiavo ed è nato qui. Adesso che sta morendo, è qui che devo seppellirlo. E lo farò.»

«Vern, lascia che ti dica una cosa» replicò lo sceriffo, sforzandosi d'essere paziente. «Non ti sarà permesso fare niente del genere, e quindi, per favore, smettila con questi discorsi. Dovrà essere sepolto in un luogo consentito dalla legge, per esempio in uno dei cimiteri per gente di colore nei dintorni, e dovrà occuparsene un impresario delle pompe funebri di colore, in possesso di autorizzazione. Così dice la legge dello Stato della Virginia, e non ci sono né cosa, né come, né perché.»

Trixie cercò di prevenire il furore e il risentimento del signor Dabney prima che erompessero. «Tes, sta' calmo...»

«Merda! È un oltraggio!» ruggì lui. «Da quando in qua un cittadino che paga le tasse deve chiedere il permesso al governo per seppellire un vecchio di colore, innocuo e malato, nella sua proprietà! È contro tutti gli articoli della costituzione che io abbia mai sentito...»

«Tes!» intervenne Trixie. «Ti prego...» si mise a gemere.

Lo sceriffo tese le mani come per placarlo, e ordinò con voce tonante: «Zitti!». Poi, quando il signor Dabney e Trixie ammutolirono, aggiunse: «Vern, noi due ci conosciamo da un mucchio di tempo, e quindi, per favore, non crearmi problemi. Te lo dico per l'ultima volta. Devi fare in modo che quel vecchio venga sepolto in un cimitero annesso alle chiese della gente di colore della zona, e devi anche fare in modo che se ne occupi un impresario di pompe funebri autorizzato. Puoi scegliere quello che vuoi. Ce n'è uno notissimo a Tappahannook e mi dicono che ce ne sia un altro nel Middlesex, dalle parti di Urbanna o di Saluda. Se vuoi gli telefono io dal tribunale».

Vidi che il rossore della collera sul viso del signor Dabney veniva sommerso a poco a poco dalla sfumatura, più tenue e più pallida, della rassegnazione. Meditò a lungo in silenzio, poi disse: «E va bene, allora! Va bene! Quanto credi che mi costerà?».

«Non lo so di preciso, Vern, ma c'era una vecchia lavandaia, che lavorava per me, e che è morta non da tanto. Ho sentito dire che l'hanno sepolta per trentacinque dollari.»

«Trentacinque dollari!» ansimò il signor Dabney. «Misericordia!»

Forse fu solo la rabbia che lo indusse a fuggire, ma il signor Dabney sparì per tutto il pomeriggio e non lo rivedemmo fino a sera. Nel frattempo Shadrach uscì per un po' dal suo sopore, cogliendoci talmente di sorpresa da farci pensare che si fosse ripreso del tutto. Trixie, sgranando piselli e sorseggiando birra, stava guardando me e Talpino che giocavamo alle biglie.

All'improvviso arrivò di corsa dalla casa Edmonia, che era stata incaricata di tenere d'occhio Shadrach per un'ora. «Venite, svelti!» disse quasi senza fiato. «Si è svegliato e parla!» Ed era vero: quando ci precipitammo da lui, vedemmo che si era sollevato sul letto e che sul suo viso, per la prima volta dopo tante ore, era dipinta un'espressione attenta e cosciente, come se si rendesse conto, almeno in parte, di dov'era. Gli era perfino ritornato l'appetito. Edmonia gli aveva infilato una margherita nell'occhiello della camicia, e Shadrach, ci raccontò lei, nel corso di questa stupefacente resurrezione ne aveva mangiato qualche petalo.

«Avreste dovuto sentirlo poco fa» disse Edmonia, chinandosi sul letto. «Ripeteva in continuazione che voleva andare alla gora del mulino. Che cosa pensate voglia dire?»

«Be', può darsi che voglia semplicemente vedere la gora del mulino» replicò Trixie. Aveva portato per Shadrach una bottiglia di RC Cola dalla cucina e ora gli si sedette accanto per aiutarlo a bere con una cannuccia. «Shad,» domandò dolcemente «è questo che vuoi? Vuoi vedere la gora del mulino?»

Un'espressione d'attesa e di speranza illuminò quel nero viso e riempì quei vecchi occhi catarrosi. E la sua voce era stridula ma forte quando girò la testa verso di lei e disse: «Sì, signora. Voglio vedere la gora del mulino».

«Come mai vuoi vederla?» domandò Trixie gentilmente.

Shadrach non diede spiegazioni; ripeté soltanto: «Voglio vedere la gora del mulino».

E così, obbedendo a un desiderio di cui non potevamo scandagliare le ragioni, ma che eravamo obbligati a onorare, portammo Shadrach a vedere la gora del mulino. Si trovava nei boschi, a qualche centinaio di metri a est della casa – un torbido stagno fuori del tempo, chiuso con una diga, delimitato da un lato da una radura di muschio e felci di un verde spettacolare, e circondato per il resto da querce e olmi incombenti. Alimentata da sorgenti e da quello stesso ruscello impetuoso in cui erano andati a pesca gli altri bambini, la sua acqua rifletteva gli alberi sovrastanti e il cielo mutevole, e nuotarci dentro era una bella impresa, per quel freddo gelido che ti scuote il corpo sin dentro le ossa. Per un po' non riuscimmo a pensare come trasportare Shadrach fin lì; non si poteva certo farlo zoppicare per tutto quel lungo tratto, sorretto, con il nostro aiuto impacciato, da gambe ormai prive di forza nella loro ciondolante andatura. Poi a qualcuno venne in mente la carriola, che serviva al signor Dabney per portare il granturco alla distilleria. Andammo a prenderla nella rimessa e la trasformammo rapidamente in una sorta di lettiga, non priva di una certa grazia e discretamente confortevole, riempiendola di fieno e stendendoci sopra una coperta.

Su questo cumulo Shadrach riposò benissimo, sul viso un'espressione tranquilla, mentre lo trasportavamo, dondolandolo delicatamente, sul sentiero. Io tenevo gli occhi fissi su di lui: nel mio ricordo appare ancora come un sovrano d'Africa, semicieco ma sereno e padrone di sé, condotto a ricevere, nella pienezza dei suoi molti anni, qualche sognata e inevitabile ricompensa.

Fermammo la carriola sull'argine muschioso, dove Shadrach restò a lungo a fissare l'acqua della gora, brulicante di saettanti scorpioni d'acqua, che tremava sotto una fosca luce solare di un colore ramato, dove libellule minuscole volteggiavano in un'agitata e tenue iridescenza. Restando accanto alla carriola, da cui sporgevano come fragili canne nere gli stinchi delle gambe scarne di Shadrach, mi voltai a guardare quel viso antico, cercando di scoprire quale fosse lo scenario che stava contemplando e che gli dava un'intima serenità venata di malinconia. I suoi occhi cominciarono a seguire i piccoli Dabney, che si erano messi in mutande e si erano tuffati in acqua. Sembrava quella la risposta, e in un barlume di chiaroveggenza seppi che anche Shadrach vi aveva un tempo nuotato, in qualche inimmaginabile agosto di quasi cento anni prima.

Non avevo però modo di sapere se aveva intrapreso da solo questo lungo viaggio dal profondo Sud unicamente per rivedere questa gora e ritrovarvi un'immagine della propria fanciullezza o se con la partenza aveva voluto lasciarsi alle spalle per sempre una vita di sofferenze. E nemmeno ora lo so con certezza, ma ho sempre pensato che l'ancor giovane Shadrach, emancipato tanti anni prima nell'Alabama, fosse stato messo in libertà, come gran parte dei suoi fratelli e sorelle, solo per ricadere in un'altra forma di schiavitù, forse più atroce di quella sanzionata dalla legge. Si è già raccontata mille volte l'odissea di questa gente, che la liberazione aveva precipitato in un nuovo e incomprensibile incubo; un'odissea di miseria e fame e umiliazione, di croci che ardono nella notte, di massacri gratuiti e, soprattutto, di terrore senza fine. Quelle follie e quelle carneficine non hanno alcuna attinenza con questa storia, ma, se non ne facessi almeno cenno, non renderei giustizia a Shadrach. Nonostante l'incredibile allegria con cui ci aveva raccontato di essere stato «privato di tutti i miei», doveva aver sopportato avversità inenarrabili. Non era però ritornato in Virginia, ora lo capisco, sull'onda della nostalgia per la schiavitù di un tempo, ma per ritrovare una perduta innocenza. E io, ragazzino sul bordo di una gora di mulino, lo vedevo non come uno che era fuggito dal buio, ma come uno che aveva cercato la luce rifratta per un attimo nello sfavillante ricordo dell'infanzia. Mentre con i vecchi occhi appannati fissava la gora, e i bambini che vi si tuffavano strillando, il suo viso era illuminato da una serenità e da una dolcezza incommensurabili, e io sentii che aveva forse ritrovato l'unico momento di pura quiete della sua esistenza. «Shad, anche tu venivi qui a nuotare?» dissi. Ma non ebbi risposta. E di lì a poco si riappisolò; la testa gli cadde di lato e lo riportammo verso casa sulla carriola.

Il sabato sera in campagna i Dabney non andavano a letto prima delle dieci. In quell'occasione il signor Dabney rientrò all'ora di cena, sempre imbronciato e nervoso, ma taciturno, evidentemente ancora sconvolto e disgustato dall'ordine dello sceriffo. Non prese neppure in mano la forchetta. Ma la cena fu uno di quei pasti di Trixie, abbondanti e felici, che sono così vivi nel mio ricordo. Solo la generosità di un luogo come l'entroterra della Tidewater poteva fornire ai poveri un banchetto simile in quegli anni difficili: prosciutto in salsa, polenta di granturco integrale, cavoli verdi, gombi, pannocchie dolci, enormi pomodori rossi stillanti succo in un'insalata di cipolle, erbe e aceto. E come dessert un eccellente budino di pane annegato nella panna fresca. Poi, a bordo di un furgone scassato, arrivò un agricoltore e distillatore clandestino che abitava in fondo alla strada, il signor Seddon R. Washington, per unirsi al signor Dabney nell'unico passatempo cui mai lo vidi dedicarsi – una partita a domino. Scese il crepuscolo e si accesero le lampade a petrolio. Talpino e io tornammo come stupidi lumaconi alla nostra ossessione, tracciando un ampio cerchio nella polvere nei pressi della veranda e accovacciandoci con agate e cristalli in uno spicchio di tremula luce giallastra proiettata dalla lanterna, in cui si aggiravano falene impazzite. Una luna piena si levò lenta dal limitare dei boschi, simile a un gigantesco pallone, luminoso e un po' sudicio. Gli schiocchi delle nostre biglie si alternavano ai clic delle tessere del domino sulla panca della veranda.

«Se vuoi sapere la pura e semplice verità sul responsabile di tutto questo,» spiegò il signor Dabney al signor Washington «puoi dire che è solo colpa del tuo Franklin D-come-Disastro Roosevelt. Il milionario olandese. In quanto al New Deal, non vale una cicca. Sai quanto ho guadagnato l'anno scorso – legalmente, voglio dire?»

«Quanto?» domandò il signor Washington.

«Non posso dirtelo. Mi vergognerei. Quei colorati che nelle strade di Newport News vendono granchi alla griglia a cinque centesimi l'uno guadagnano più di me. C'è un fondo d'ingiustizia in questo sistema.» Fece una pausa. «Eleanor è quasi peggio di lui.» Un'altra pausa. «Dicono che se la spassa con ebrei e neri. Soprattutto con predicatori.»

«Le cose miglioreranno» disse il signor Washington.

«Peggiorare non possono certo» replicò il signor Dabney. «Non riesco a trovare un lavoro da nessuna parte. Non sono qualificato. Sono qualificato solo a fare whiskey.»

Si udì sulla veranda un sommesso e ovattato rumore di passi, e io, alzando gli occhi, vidi Edmonia avvicinarsi al padre. Dischiuse le labbra, esitò un momento, poi disse: «Babbo, credo che Shadrach sia morto».

Il signor Dabney non disse nulla, restando concentrato sul domino con un'espressione di tesa e assorta disperazione e di rabbia soffocata. Edmonia gli posò delicatamente una mano sulla spalla. «Babbo, hai sentito che cosa ho detto?»

«Ho sentito.»

«Ero seduta vicino a lui e gli tenevo la mano, quando all'improvviso la sua testa si è, come dire, rovesciata e lui è rimasto immobile e non respirava più. E la sua mano – be' è diventata molle e... be', voglio dire, fredda.» Fece un'altra pausa. «Non ha emesso un solo suono.»

Il signor Washington si alzò con un colpo di tosse e andò all'altro capo della veranda, dove si accese la pipa e si mise a contemplare la luna. Non avendo ancora ottenuto risposta dal signor Dabney, Edmonia gli accarezzò con mano leggera la spalla e disse dolcemente: «Babbo, ho paura».

«Di che cosa hai paura?» replicò lui.

«Non so» disse lei con un fremito. «Di morire. Mi spaventa. Non so che cosa significhi – la morte. Non avevo mai visto nessuno così, prima.»

«Non è della morte che bisogna aver paura» sbottò lui con voce sbrigativa e soffocata. «È la vita che è spaventosa! La vita!» All'improvviso si alzò dalla panca, sparpagliando le tessere del domino sul pavimento, e quando ruggì ancora: «La vita!», vidi Trixie emergere dalla nera cavità della porta e avvicinarsi a passi che facevano tremare le assi della veranda. «Su, Tes» cominciò.

«È la vita che deve farti spavento!» gridò, lasciando esplodere la sua rabbia. «Certe volte capisco perché la gente si ammazza! Dove diavolo li trovo i soldi per seppellirlo? I negri sono sempre stati un problema enorme! Maledizione! Mi hanno educato ad avere un certo rispetto e a dire "di colore" e non negri, ma sono e restano un problema. Ci manderanno sempre in rovina! Io non ho trentacinque dollari! Non ne ho neanche venticinque! E nemmeno cinque!»

«Vernon!» Trixie alzò la voce e allargò in un gesto di supplica le grosse braccia burrose. «Uno di questi giorni ti verrà un colpo!»

«E c'è un'altra cosa!» Si bloccò.

Poi all'improvviso quel furore – almeno nelle sue manifestazioni più incontrollate e violente – sembrò evaporare, risucchiato dalla notte illuminata dalla luna con i sommessi canti estivi dei grilli e il profumo di terra calda e di caprifoglio. Per un attimo sembrò come rinsecchito, più piccolo che mai, leggero e fragile al punto da poter essere sospinto via come una foglia, mentre si passava una mano nervosa e tremante nei capelli neri folti e arruffati. «Lo so, lo so» disse con voce fioca e spezzata, carica di sofferenza. «Povero vecchio, non è colpa sua. Era un vecchio gentile e patetico, che probabilmente non aveva mai fatto male a nessuno. Non ho proprio niente contro Shadrach. Povero vecchio.»

Accovacciato sotto la veranda, mi sentii oppresso all'improvviso da una sensazione d'infelicità. Una dolcissima folata di vento soffiò dai boschi e quando mi accarezzò la guancia rabbrividii, compiangendo Shadrach e il signor Dabney, dolendomi per la schiavitù e la miseria, e per tutte le discordie umane che mi turbinavano intorno in un tempo e in un luogo che sfuggivano alla mia comprensione. Come per scacciare questo profondo affanno mi sforzai, improvvisamente concentrato, di contare le lucciole che brillavano nella notte. Diciotto, diciannove, venti...

«E comunque» disse Trixie, toccando la mano del marito «è morto, come voleva, sulla terra dei Dabney. Anche se finirà sepolto in un camposanto sconosciuto.»

«Be', non s'accorgerà della differenza» disse il signor Dabney. «Una volta morto, nessuno s'accorge della differenza. La morte non è niente di che.»

Una mattina in Virginia

Nella tarda estate del 1938 arrivavano notizie infauste sulla guerra ormai imminente. Avevo appena compiuto i tredici anni e, nel mio giro di consegna dei giornali, andavo a piedi su e giù per le calde strade fiancheggiate da sicomori del nostro piccolo villaggio sulle rive del James nella Tidewater Virginia. Arrotolavo i giornali, a gruppi di quarantacinque o cinquanta, in tanti cilindri e li stipavo in una sbiadita borsa di tela bianca che portavo faticosamente a tracolla con una cinghia che all'inizio mi tagliava dolorosamente la spalla; a circa un terzo del mio giro pomeridiano, della durata di quasi un'ora e mezzo, il carico si alleggeriva. I titoli di prima pagina di quell'estate, stampati a caratteri cubitali, erano crudelmente allarmistici: *Le minacce di Hitler*; *Concentrazione di truppe tedesche*; *La Cecoslovacchia in pericolo*. In realtà, più che spaventarmi, mi procuravano una vaga eccitazione viscerale, distraendomi dalla tristezza che mi circondava e dalla sofferenza che mi attanagliava lo stomaco ogni volta che pensavo a mia madre e alla sua malattia. E questo pensiero riaffiorava in continuazione, con nauseante repentinità. Ero anche tormentato da una preoccupazione riguardante il mio corpo: i miei capezzoli erano diventati estremamente recettivi, sensibili al contatto della stoffa della camicia e delle mie dita nervose che li esaminavano, al punto che di tanto in tanto mi si affacciava alla mente l'orribile sospetto che mi stessi trasformando, almeno in parte, in una ragazza. Altre cose mi angustiavano: la lunghezza e la noia del giro di consegna dei giornali – che avevo intrapreso con l'eccitazione e l'entusiasmo di chi per la prima volta fa un lavoro pagato, ma che aveva ormai perso quasi del tutto il suo sapore – nonché la mia paga: due dollari e cinquanta a settimana per un impegno di nove ore, più un giro supplementare all'alba della domenica, sovraccarico delle voluminose edizioni festive. Persino durante la Depressione era un compenso irrisorio e veniva dispensato, centesimo dopo centesimo, nichelino dopo nichelino, dalla sola persona irrimediabilmente gretta tra i tanti individui deboli e imperfetti che popolavano fugacemente gli anni della mia prima giovinezza.

Il signor Quigley – ho dimenticato o rimosso il suo nome di battesimo – era il proprietario del Quigley's Store, un emporio di generi vari che sorgeva su un arido appezzamento di terreno, subito a est del villaggio. Era una tozza e anonima costruzione di mattoni, dipinti di un azzurro slavato, con una cigolante porta schermata dalla zanzariera e due vetrine, quasi opache per la polvere, sulle quali lampeggiava debolmente un'insegna al neon con la scritta PABST BLUE RIBBON, mentre l'altra, SCHLITZ, era sempre spenta. Immagino che, se fosse possibile odorare un disegno di Hogarth, odorerebbe di gin; l'interno del Quigley's Store, hogarthiano nel suo fioco disordine e nel suo squallore, odorava di birra versata, di fumo di sigarette e di pavimenti sporchi. Ogni pomeriggio di giorno feriale, dopo le quattro, una squadra di operai del cantiere navale vi si riuniva per tracannare bottiglie di birra davanti ai rotondi tavolini dal piano di metallo sul retro dell'emporio; erano individui dall'aria lugubre, quasi tutti immigrati dalla North Carolina per guadagnare nel cantiere un po' di quei dollari di cui avevano un disperato bisogno, e passavano il tempo nella semioscurità e in un silenzio quasi assoluto, masticando piedi di porco sottaceto tratti da un panciuto vaso da otto litri, e sbocconcellando *pretzels*. Nella stanza sul davanti c'era un banco di riviste con file di fumetti, di «True Detective» e di «Police Gazette». Accanto a esso un sudicio erogatore di bevande gassate, usato solo di rado, e una vetrinetta di dolciumi, dove potevo sempre vedere la mezza dozzina di mosche che vi risiedevano, impegnate nelle loro escursioni in picchiata all'interno del vetro. C'erano anche due flipper i cui *bunk bong ding, ding bunk bong* creavano un sottofondo incessante e monotono. Dopo i miei otto chilometri di giro ero sempre madido di sudore e sul punto di svenire per la sete. Perciò, come gli altri due o tre ragazzi che rientravano alla spicciolata, mi avviavo deciso verso il cassone smaltato di rosso dove, accanto alle birre, venivano tenute le Coca-Cola, le Nehi, le Orange Crush e le Hires Root Beer. Non esistevano a quei tempi gli imponenti distributori automatici, alti due metri, con design elegante e colori coordinati, che dispensano lattine ghiacciate nel palmo asciutto e grato. Ci si avvicinava invece al cassone, dove le bottiglie stavano immerse nell'acqua raffreddata dal ghiaccio, e si prelevava una Coca-Cola o una Dr Pepper, sentendone la rinfrescante umidità fra le dita. In tutti i locali come si deve l'acqua veniva cambiata regolarmente; qui invece ristagnava per settimane, e la maleodorante bottiglia risultava viscida al tatto. Ogni volta che m'avvicinavo al cassone e lo scoperchiavo, il signor Quigley era pronto con il suo taccuino sudicio e sbrindellato e con la matita a portata di mano.

«Che cosa stai prendendo, Whitehurst?» mi domandava. In quell'epoca più formale i datori di lavoro si rivolgevano spesso ai dipendenti con il cognome, ma, nonostante fossi un ragazzo, per essere chiamato Paul avrei dovuto lavorare alle dipendenze di una persona un po' meno spietata del signor Quigley. Detestavo quell'avido bastardo.

«Sto prendendo una Root Beer» rispondevo io.

E lo guardavo scarabocchiare il mio nome sul taccuino, o tracciare qualche complicato segno di rimando o di calcolo, per detrarmi cinque centesimi. Le origini del signor Quigley erano quantomeno strane per un virginiano di nascita: si diceva che sua madre fosse greca. Era un ometto dal viso scuro e tirato, con una forte curvatura della spina dorsale che lo sbilanciava leggermente da una parte facendolo zoppicare. Era forse questo handicap che, causandogli un tormento interiore – mi sarei chiesto a volte in seguito, dopo essere diventato a mia volta meno spietato –, determinava la sua mancanza d'altruismo? Non ero così privo di senso pratico o ignaro di questioni finanziarie, soprattutto in un periodo in cui un dollaro era un dollaro, da biasimare il signor Quigley perché si preoccupava delle ripercussioni negative che un buon numero di Coca-Cola o di tavolette di cioccolato mancanti avrebbero avuto sul suo bilancio. M'irritava però in lui l'assenza del benché minimo barlume di allegria o di benevolenza; poiché ero ancora abbastanza bambino da aspettarmi, come minimo, quel trattamento preferenziale che a un bambino si dovrebbe riservare, m'irritava soprattutto che mai una volta ("Mai una volta, mai una volta" mormoravo tra me e me mentre arrancando attraversavo prati infradiciati dalle canne per innaffiare e disseminati di cacca di cane) mi avesse offerto qualcosa gratis. Né una caramella, né un sacchetto di patatine, neanche un pacchetto di quei cracker al burro d'arachidi («Sgranocchiati un NAB per un nichelino» diceva lo slogan) che prelevavo dal suo sudicio scaffale quando, certi venerdì sera, il mio stomaco brontolava per i morsi della fame. Anche allora il signor Quigley mi aspettava al varco. E la sua matita s'abbassava sul taccuino per registrare il mio insignificante debito, mentre io, guardando il suo volto minuto, dai lineamenti contratti e compiaciuti, facevo un rapido calcolo e mi rendevo conto che in quel giorno di paga avrei portato a casa meno della metà del mio salario, vale a dire un dollaro e quindici, suppergiù.

C'erano anche un paio di Quigley figli, un ragazzo e una ragazza, ma non li avevo mai visti; erano parecchio più vecchi di me e avevano già lasciato la scuola superiore. Si faceva invece quasi sempre vedere la signora Quigley, una vecchia sciattona dai capelli ormai grigi e dai modi duri che fumava in continuazione sigarette Raleigh con il bocchino di sughero e s'aggirava in ciabatte con rossi pompon di piume, servendo birra e piedi di porco e cercando di rallegrare gli sconsolati e miserabili clienti. A volte teneva i bigodini per tutto il giorno. Diceva battute sboccate, che mi facevano trasalire quando giungevano al mio orecchio mentre ero intento a piegare i giornali. Non ero propriamente un puritano, essendomi da poco lasciato alle spalle la purezza relativa delle scuole inferiori per passare alle superiori, dove il linguaggio in uso pullulava di oscenità. Ma la signora Quigley era forse la prima persona adulta, e sicuramente l'unica donna di mia conoscenza, dalla cui bocca sgorgasse, con la scorrevole naturalezza della conversazione abituale, un flusso ininterrotto di parolacce. «Ehi, Occhi Belli,» aveva detto a uno dei più tristi fra i tracannatori di birra «lasciati stare l'uccello e beviti un'altra Schlitz.» Ero combattuto fra lo shock e l'eccitazione, ma spesso prevaleva in me la voglia di ridere, perché il suo grossolano buonumore era un antidoto al caratteraccio del marito; più di una volta mi aveva fatto scivolare in mano una barretta di cioccolato o una *ginger ale* tiepida. In fin dei conti, era l'unica nota di colore di quei tetri pomeriggi e di quelle mattine domenicali, e non è da escludere che, prima di porre fine alle mie fatiche, mi fossi vagamente infatuato di lei, trovando irresistibile il modo in cui ruttava, rumorosamente e con grande soddisfazione, o i momenti in cui alzava la sottoveste di raso ed esibiva agli attoniti immigrati della Carolina una grossa coscia solcata da vene azzurre e con il tatuaggio di una poinsettia di un rosso sbiadito.

Poi c'era Ralph, l'uomo di fatica. Spingeva casse in negozio, sollevava pesi nel retro e sgombrava i tavoli una volta usciti i clienti. Ralph lavorava per molte ore al giorno, ma credo che la sua paga non fosse di molto superiore ai salari da fame di noi ragazzi distributori di giornali. Paga a parte, il signor Quigley gradiva il divertimento che gli forniva questo negro piuttosto stupido, dalla lentigginosa carnagione color zenzero, l'andatura goffa e ondeggiante e una voce stridula e flautata come un castrato. Il suo, sospetto, era un problema di origine ghiandolare, ma il signor Quigley lo sfruttava come attrazione per il gruppo riunito intorno ai tavolini di metallo; Ralph si mostrava compiacente, o meglio cooperava, come facevano molti neri – alcuni assai più intelligenti di lui –, in un'epoca in cui era decisamente più prudente essere uno Stepin Fetchit o un Rochester che non un tipo sveglio. «Ralph,» diceva il signor Quigley «lo sapevi di essere il negro con la voce più maledettamente strana che ci sia al mondo?» «Sissignore» cinguettava Ralph. Poi, offeso: «Nossignore». Poi di nuovo: «Sissignore», con un sorriso ebete nel desiderio di gratificare il suo interlocutore. «Parli come un maledetto uccellino.» «Sissignore.» «O come una raganella.» «Sissignore.» Vivevo in una società razzista ed ero stato vaccinato talmente presto contro il concetto d'uguaglianza che una parte di me accettava con passività la teoria prevalente che i negri appartenessero a una specie inferiore. Ma gli insegnamenti dei miei genitori e la mia coscienza – mi piacerebbe credere che fosse altrettanto semplice di quella di Huck Finn – mi avevano portato a pensarla in altro modo. Mi faceva accapponare la pelle la grossolanità con cui il signor Quigley trattava Ralph; ma m'infastidiva soltanto un po' di più della docile e sogghignante sottomissione del negro. «Ralph» annunciava lui in un "a parte" ai clienti «è il negraccio più ipersensibile che ci sia.» Un mormorio sommesso degli astanti e una risatina isolata. «Adesso vi mostrerò qualcosa di veramente sbalorditivo.» Il numero, preparato con cura, era pronto a partire: Ralph passava con finta indifferenza lo strofinaccio su un tavolino, offrendo lo spettacolo del suo grasso e ondeggiante sedere nei pantaloni cascanti, tra nuvole di fumo di sigaretta. Il signor Quigley (questo *adulto*, pensavo guardandolo) gli si avvicinava furtivo facendosi largo tra la folla, con il viso dalla carnagione scura tirato e solcato da grinze di godimento mentre già pregustava ciò che sarebbe accaduto. Poi il balzo improvviso, la pacca sul deretano, e Ralph che si dimenava goffamente, come preso da un panico eccessivo, agitando convulso le braccia, e gemendo in falsetto. «Oh, Signore, Signore, ooohiii!» Urla della folla, bottiglie battute sui tavolini, allegria diffusa e gratitudine generale. E Ralph gironzolava tra il pubblico, sorridente nella gragnuola d'applausi, e si leccava le labbra incredibilmente compiaciuto. Dopo queste esibizioni, a volte, il signor Quigley gli offriva una bibita o un dolcetto, ovvero – mi capitava sempre di pensare – più di quanto avesse mai dato a me. Allora mi caricavo la borsa sulla spalla e mi avventuravo in quel caldo umido, pensando: "Quello stupido figlio di puttana di un nero, come fa a sopportarlo?". Poi mi rendevo conto della disgrazia del suo colore, e al disprezzo per Ralph si sostituiva l'odio per il signor Quigley, per la sua grossolanità, per la sua grettezza d'animo.

Nelle prime ore del mattino di una domenica di settembre, disteso sul letto, ascoltavo i gemiti di mia madre nella morsa della sofferenza. Mancavano pochi giorni al suo cinquantunesimo compleanno. Negli otto anni trascorsi da quando si era ammalata di cancro il dolore era stato a volte fortissimo, ma di solito, con uno sforzo immenso, era riuscita a sopportarlo; ora però, in quelle ultime settimane, le erano venute a mancare del tutto le forze. Insinuatosi nelle ossa, il male era divenuto insistente, e non le dava tregua. Mi ero svegliato verso l'una, destato dal suo tremulo grido. Poi avevo udito i passi in punta di piedi dell'infermiera, la signorina Slocum, seguiti da quelli più pesanti di mio padre. Nella camera di mia madre la signorina Slocum emetteva suoni sommessi, sibilanti, indistinti; la voce di mio padre, di poco più alta, cominciava ad arrivarmi a tratti, con il suo carico di parole sconnesse e angosciate. La sera prima, la radio aveva annunciato un'ondata di caldo eccezionale per la stagione; io giacevo madido di sudore sotto un nero ventilatore elettrico, che in ogni semicerchio della sua rotazione permetteva all'afa di sommergermi, per poi rinfrescarmi con un impercettibile soffio d'aria. Dalla fitta oscurità oltre la finestra, dove le lucciole baluginavano fra le due piccole aiuole di mia madre, mi giungeva l'odore dolciastro delle clematidi tardivamente fiorite. Nel settembre di altri anni il profumo di questi rampicanti bianchi mi aveva deliziato; ma ora nella notte mi dava un lieve senso di nausea. Udii ancora le sussurrate sillabe di conforto della signorina Slocum, vibranti di tensione.

Improvvisamente mia madre lanciò un urlo – un urlo lungo e disperato, con un sottofondo d'angoscia che non assomigliava a niente che avessi mai udito. Un grido che mi trapassò il corpo nudo come una fiamma. Era un suono alieno, vale a dire talmente al di là della mia logica e della mia esperienza che per un attimo mi parve quasi istrionico, cinematografico, come uscito dalla bocca di un'attrice priva di talento che, in un film tipo Frankenstein o Dracula, manifestasse platealmente un terrore poco credibile. Ma era vero, e io affondai il viso nel guanciale, avvolgendomelo intorno alla testa come un umido amnio. Cercavo di allontanare quell'urlo. Al buio, con le orecchie tappate, mi sforzavo di pensare ad altro. Pensai alla signorina Slocum, una donna formosa sulla trentina, con un viso a forma di cuore, aperto e pieno di fossette; assomigliava a Sonja Henie in versione più grassa e incapace di staccarsi da terra, e aveva un difetto fisico che non passava inosservato: pollici sovrannumerari attaccati all'esterno di quelli normali. È un particolare grottesco che avrei quasi voluto non annotare. Ma è parte integrante di un groviglio di ricordi. Sei mesi prima c'era stata una parentesi di cupa allegria, quando mia madre avrebbe voluto licenziarla appena assunta, essendosi improvvisamente accorta dei pollici in eccesso; ogni giorno più debole, aveva bisogno di essere lavata e massaggiata, e aveva espresso la propria ripugnanza all'idea che dodici dita le accarezzassero la pelle. Ma perché, in nome di Dio, aveva chiesto a mio padre, non se li era fatti togliere? Quando aveva notato che la signorina Slocum si curava anche le unghie di quei piccoli pollici, ne era rimasta particolarmente disgustata, ma poi mio padre le spiegò in mia presenza che la cosa non gli sembrava affatto irragionevole; pollici trascurati avrebbero forse attirato ancora di più l'attenzione. La questione, comunque, fu superata – anche perché l'infermiera era un tesoro, molto paziente e gentile. Quando liberai la testa dal guanciale, le grida erano cessate.

«Signorina Slocum, deve darle più morfina» sentii la voce roca di mio padre farsi più vicina, nei pressi della mia porta.

«Non posso, signor Whitehurst, non posso proprio» fu la risposta. Parlava con l'accento campagnolo delle colline della Virginia, un sommesso trillo gutturale tipico di quei ripidi pendii e di quelle valli; sebbene in realtà non avessi mai saputo nulla delle sue origini, né le avessi mai fatto domande in proposito, mi immaginavo fosse cresciuta in un ambiente familiare piacevolmente disordinato, sul genere Li'l Abner – con una mezza dozzina di fratelli e sorelle dai capelli stopposi, un padre che distillava clandestinamente alcolici, una madre con un pizzico di tabacco da fiuto sulle labbra. Mi ero affezionato a lei per la sua semplice tenerezza campagnola, per la sincera compassione che mostrava verso mia madre in quei torridi giorni d'estate, facendole il bagno, cambiandola, cercando di alleviarne le insopportabili sofferenze. «Non posso darle altra morfina. Il dottor Beecroft non lo permetterebbe. Mi ha dato istruzioni precise. Non posso dargliene di più.»

«Deve aumentare la dose. Non reggo a quel che le tocca sopportare.»

«Non posso» insistette lei con pazienza. «Mi deve capire. Mi creda, la prego. La dose giusta è questa... non si può aumentarla.»

«Ma il suo dolore è intollerabile!» La voce di mio padre si alzò sin quasi a spezzarsi. «Sta impazzendo.»

«Il dottor Beecroft verrà qui fra poco, signor Whitehurst» replicò lei. «Ne parli con lui, la prego. Sono sicura che farà il possibile.» Udii i loro passi allontanarsi verso la camera di mia madre.

Nella penombra i miei occhi vagarono per la stanza, uno spazio angusto, la stanza di un figlio unico, ordinata, ben organizzata, dove ogni cosa sembrava essere al suo posto, là dove era stata messa, inviolata da quei fratelli e sorelle che per anni avevo tanto desiderato e che ora, nella mia desolazione, mi mancavano in modo particolare. Nel villaggio c'erano molti bambini. In quel luogo, in quell'epoca, erano tutti impegnati a procreare. Nelle case, all'apparenza di piccole dimensioni, erano stipate famiglie chiassose e in buona salute, e tutti i miei amici avevano fratelli, che suscitavano la mia invidia – fratelli maggiori fantastici, giudiziose sorelle minori; mi sarebbe persino piaciuto coccolare e proteggere i mocciosetti con i quali si chiudeva la catena familiare. Una volta, quando la figlia di un vicino morì per una caduta da cavallo, vidi la straripante fontana dell'amore e del conforto che sgorgava dal cuore della famiglia; fratelli e sorelle che si baciavano e s'abbracciavano, stringendosi l'uno all'altro, come se il dolore si attenuasse nel contatto reciproco di persone dello stesso sangue. E per alcune notti dormirono tutti insieme su un grande letto, tenendosi abbracciati e impedendo persino al sonno di separarli nel loro lutto. Io nella mia camera mi sentivo solo come in una cella. Il caldo era micidiale, soffocante, e mi faceva boccheggiare nel buio come un pesce. Dalla fessura della porta filtrava un cuneo di luce che illuminava la parete sopra di me con il suo fregio eroico: la difesa dei Fordham in Kodachrome. E anche il bordo dello scaffale dei miei libri, dove la luce tagliava a metà *Il guardiamarina Easy, Ferdinand, La famiglia Robinson, I miserabili* e i primi quattro volumi del *Book of Knowledge*. «Con delicatezza, delicatezza,» udii dire da mio padre «oh, la prego, signorina Slocum, con estrema delicatezza.» E più fiocamente illuminata risultava la scritta: PRIMO PREMIO, ESAME ORALE, REGIONE TIDEWATER, SCUOLE PUBBLICHE DELLA VIRGINIA. Laurie Macauley era morta perché si era rotta l'osso del collo. Nessuno sapeva perché la cavalla fosse imbizzarrita; era sempre stata seraficamente mansueta, un modello di docilità equina. Per un giorno e una notte Laurie e l'animale erano stati dati per dispersi nei boschi vicino ai binari della ferrovia; quando trovarono il corpo della ragazza, una parte del viso l'avevano divorata gli insetti, e non era stato quindi possibile vederla a bara aperta com'era consuetudine. Io mi agitavo nelle lenzuola bagnate, dicendomi: "Non lo capisco".

Avevo sete – la stessa sete ardente e insopportabile che pativo dopo il giro con i giornali. Mi alzai dal letto, m'infilai i calzoni del pigiama, aprii la porta quel tanto che bastava per passare e sgattaiolai da basso, scalzo e in punta di piedi per non farmi sentire da mio padre e dalla signorina Slocum. La cucina, come le altre stanze della casa, era piccola e stretta; io sfrecciai con tre falcate sul pavimento di linoleum pieno di grinze, aprii il frigorifero e tastai nel suo buio interno alla ricerca della brocca di acqua ghiacciata. Poi presi la brocca e trangugiai grandi sorsate d'acqua con gli occhi che mi si inumidivano per il sollievo, mentre al tempo stesso sentivo un brivido di colpa. Sapevo che non avrei dovuto bere dalla brocca. Non si ingoiavano germi a cuor leggero in un'epoca in cui una banale infezione poteva voler dire morte. Ogni superficie veniva regolarmente sfregata fino a essere sterilizzata, i cibi crudi sciacquati e risciacquati tre volte. La gente si muoveva in un'invisibile tormenta di microbi malvagi e frequente era la mortalità accidentale. Il signor Max Weissberger, proprietario del grande magazzino della cittadina vicina, un giovedì si era grattato un foruncolo che aveva sul naso, e il lunedì successivo era morto. Al pianterreno del grande magazzino, vicino al banco dei profumi, sulla parete fra gli ascensori, una targa di bronzo con il suo ritratto catturava puntualmente il mio sguardo, che poi si posava fatalmente sulla punta del naso lucido e sulla sua patetica vulnerabilità. Prima della penicillina, il mondo poteva essere terrificante, ma secondo me le persone come mia madre esageravano: il ricordo del momento in cui, quando ancora camminava e la sua vista era acuta, mi aveva sgridato perché avevo bevuto dalla brocca era ben vivo nella mia mente mentre tracannavo avide sorsate. E il mio senso di colpa era accentuato da ciò che stava accadendo di sopra. Rimisi la brocca nel frigorifero e mi voltai verso la luce nella nicchia della cucina, dove c'erano un letto singolo e una lampada. In quella nicchia, più piccola di una cella di prigione, c'era anche una radio di poco prezzo, talmente malconcia e consumata che i fili interni sporgevano dalla cassa di bachelite; adesso stava trasmettendo, ma a bassissimo volume, così basso che non l'avevo udita prima di essermi avvicinato, sapendo chi avrei visto seduta sul letto, come sapevo con esattezza – o quasi – ciò che stava ascoltando. Avevo sentito quel programma con Florence almeno una decina di volte. Il mormorio indistinto divenne più forte, più chiaro, una voce, sulle prime dolce e insinuante, salì sino a diventare una stridula e concitata esortazione: «Sappiate ora che la salvezza di Dio è stata donata ai Gentili, e che essi la udranno!». Poi la risposta di una folla di fedeli: «Amen! Sì! Amen». La voce era quella di un profeta che urlava e tuonava attraverso incommensurabili distanze notturne – cinquantamila watt che scavalcavano gli Appalachi da Cincinnati, da Detroit o da Pittsburgh: una cappelletta stipata, un coro di angeli biancovestiti, un sudato profeta nero che si metteva in contatto con i credenti attraversando chilometri di etere. Florence, accoccolata sul bordo della branda, alzò gli occhi sorpresa dal mio apparire, e disse: «Figlio, figlio, Paul, bambino, dovresti dormire a quest'ora». «Risanali, Gesù, risanali!» Spense la radio.

Negli ultimi anni Florence aveva dormito nella nicchia della cucina – proprio come quella notte – ogni volta che mio padre doveva assentarsi, cosa che accadeva di rado, e nei momenti più critici della lunga malattia di Miss Adelaide, come lei chiamava mia madre. Di solito, quando restavo alzato sino a tardi, mi sedevo ad ascoltare con Florence quei baccanali evangelici. Mi piacevano, anche se non lo avrei mai confessato ai miei amici. Mi piacevano soprattutto per la musica. La predicazione isterica sfuggiva alla mia comprensione, ma i canti mi rimescolavano il sangue, mi emozionavano, suscitavano in me quel senso della gioia e della gloria cristiane soffocato a suo tempo da *Abide with Me* e da altre lamentose suppliche presbiteriane. Quando quei cori lontani erompevano in inni gospel come *Precious Jesus* e *Didn't it Rain* sentivo una carica che partendo dal sedere risaliva la spina dorsale fino alla testa, culminando in una minuscola elettrocuzione e facendomi rizzare i capelli. Florence e io ascoltavamo quasi sempre insieme, mentre lei annuiva e formulava con le labbra le parole chiudendo gli occhi e tenendomi stretta la mano con le sue brune dita ossute. Quella sera però, dopo che ebbe spento la radio, restammo in silenzio. Io sedevo accanto a lei, ad ascoltare il ronzio del frigorifero e lo stridore acuto delle cavallette verdi sui sicomori.

La vidi roteare gli occhi verso la camera del piano di sopra. C'era qualcosa di esitante in quell'occhiata, di esitante e di spaventato, come se si aspettasse una ripetizione di quell'urlo che mi aveva spinto a tuffarmi nel guanciale. Poi il suo sguardo si addolcì e mi disse: «Abbiamo avuto momenti felici in questa casa. Momenti tristi, ma anche momenti felici. Non devi dimenticare i momenti felici, bambino». Fece una pausa. «Ma ormai sei grande, dovrei smetterla di chiamarti bambino.»

«Quando è stato un momento felice, Flo?» dissi.

«Be', il giorno del tuo compleanno, quasi tre anni fa, prima che tua madre cadesse e si rompesse la gamba e dovesse mettersi l'apparecchio, quando andammo tutti a Buckroe Beach – ricordi, tu e il signor Jeff e Miss Adelaide e una ventina dei tuoi compagni di scuola – e io preparai pollo fritto e biscotti per tutti. Ricordi che accendemmo il fuoco sulla sabbia? E Miss Adelaide che camminava avanti e indietro sulla spiaggia e cantava? Quello è stato un momento felice.» La guardai mentre parlava, una malinconica donna bruna dal naso grosso, con il viso spigoloso e un corpo spigoloso e ricurvo, lo sguardo fisso nel vuoto come se stesse pensando ad altro mentre si accarezzava distrattamente il mento. Lavorava per noi come cuoca e cameriera da sette o otto anni. La sua scontrosità era divenuta leggendaria. Non sorrideva mai, neanche quando accoglieva gli invitati – un tratto incorreggibile che mia madre aveva cercato invano di modificare. Tutti concordavano nel considerare Florence "straordinariamente capace"o "ben addestrata" ma perennemente con il muso. Io solo sapevo com'era in realtà, ma perché la conoscevo meglio, e da bambino avevo passato ore interminabili in cucina, dove avevo imparato che la sua musoneria altro non era che una cupa e sofferta forma di equanimità, il punto d'arrivo di una lotta quotidiana per mantenere la calma a dispetto delle continue disgrazie familiari. Nonostante i suoi sguardi torvi, nonostante la sua paga (cinque dollari la settimana, più i pasti e il permesso di portarsi a casa i cibi avanzati, com'era uso nel villaggio), Florence restava rigorosamente fedele alla nostra piccola famiglia in disgregazione – paziente con mio padre, che con il passare del tempo diventava sempre più nervoso, e delicatamente protettiva ma severa con me, su cui aveva posato, con tanta naturalezza che io quasi non me ne ero accorto, la mano di una seconda mamma. E alle necessità di mia madre provvedeva come un'instancabile e devota sacerdotessa. Penso che avesse cominciato a piangerla, nella buia intimità di un cuore già devastato, molto tempo prima che mio padre e io ci rendessimo veramente conto di quel che stava succedendo. «E quel Natale di due o tre anni fa,» continuò, accarezzandomi un ginocchio, «quando il signor Harry Bladen si era ubriacato e quella sua moglie francese si arrabbiò al punto che gli versò una bottiglia di vino sulla testa. E Miss Adelaide rise così tanto che rischiò di morire soffocata dal cappone che avevo cucinato. Quello è stato un momento felice. Ti ricordi? E credevamo che non avresti avuto la bicicletta nuova perché la vigilia non l'avevano consegnata. Ma il fattorino del negozio arrivò proprio il giorno di Natale, e c'era questa bicicletta tutta luccicante, e tu eri così felice che quasi scoppiavi.»

Voglio licenziare quella donna domani mattina appena arriva. Non sopporto più d'averla tra i piedi.

Adelaide, credimi, tu non farai niente del genere. È con noi da quattro anni ed è fedele e laboriosa. A parte una volta o due che stava male, non ha mai saltato un giorno di lavoro. È venuta persino quando c'è stato quel terribile uragano e non circolavano i tram!

Non sopporto più che lavori qui. Sono stufa di quell'atteggiamento da cane bastonato! Di quei Sissignora e Nossignora pronunciati con tanta ostilità, come se le avessi chiesto chissà quale ardua fatica. E quando Louise Marable, cercando di essere gentile, cercando di non offendere, fa notare, com'è successo stasera, che c'è una bella differenza fra il riserbo cortese e la villania, be', a me sembra la goccia che fa traboccare il vaso. Deve andar via domattina. V-i-a.

Adelaide, permettimi di dirti una cosa. Permettimi di parlarti con sincerità. Penso che tu abbia fatto molta, molta strada da quando ci conosciamo. Ne abbiamo già discusso altre volte, e ricorderai d'aver ammesso che eri venuta in Virginia piena di brutti pregiudizi sulla gente di colore. Era paradossale che una ragazza della Pennsylvania, laureata – raffinata, che conosceva il mondo, che leggeva Faulkner, bien élevée *e tutto quanto – si portasse appresso un bagaglio di idee bizzarre sulle persone di colore, come ancora preferisci chiamarle, o sui negri, come li chiamo io. Dicevi brutalmente, se posso rinfrescarti la memoria, che puzzavano tutti – di cipolle, o forse d'aglio, se la memoria non mi tradisce – e arrivavi addirittura a sostenere che, per quanto riguarda l'aspetto, non c'era modo di distinguere un negro dall'altro. Rammento anche che, quando Paul aveva cinque anni, gli raccomandasti di dire "donna di colore" e non "signora". Buon Dio, com'è strano il mondo. C'ero io, non nipote, bada, ma figlio di un padrone di schiavi, nato in una contea abitata per il quarantacinque per cento da negri, e cresciuto in un'atmosfera talmente ottenebrata dal pregiudizio che dovetti diventare adulto per rendermi conto che, nonostante l'affrancamento formale, quella gente aveva continuato a vivere in una schiavitù, per molti aspetti anche peggiore. Non voglio darmi arie di virtuoso, ma sono stato io che ho dovuto insegnarti – non tu a me – che i negri sono persone fondamentalmente dignitose e rispettabi-*

li. Io, uno zotico della Carolina che, quando ti ho conosciuta, sospettavo d'avere a che fare con una neoabolizionista convinta...

Jefferson, smettila, non è assolutamente questo il punto.

Aspetta ancora un momento, Adelaide, poi potrai continuare. Ammetto senza riserve che negli ultimi anni il tuo atteggiamento è molto cambiato. Sei diventata, a mio modo di vedere, se non proprio di larghe vedute, almeno tollerante, e la tua equanimità è esemplare, se la si paragona a quella delle tue grette amiche e degli altri sostenitori della politica antidiluviana di Harry Byrd con l'esecrabile tassa elettorale e simili abomini...

È proprio questo il punto, Jefferson! Non è una questione di colore, ma di classe sociale! È una serva! Appartiene alla classe dei servi, come quelli che lavoravano per la nostra famiglia a Connellsville, irlandesi o tedeschi o ungheresi che fossero, rimanevano pur sempre servi! Mamma e papà pretendevano soltanto che fossero affabili, e alla fin fine è solo questo che voglio da quell'astiosa e malevola Florence che tu hai sopportato per tanto tempo...

Questo accadeva alcuni anni prima, e alla fine mia madre si era affezionata sinceramente a Florence, astiosa o no, sorridente o non sorridente. Nella nicchia Florence e io restammo per un po' in silenzio, tesi all'ascolto. Cercavamo di cogliere i rumori del piano di sopra, aspettando un mormorio, una voce, o anche solo lo scricchiolio di un'asse del pavimento, ma non udimmo nulla. Quel silenzio, lo sapevo, significava che mio padre e la signorina Slocum erano tornati a vegliare al capezzale di mia madre, formando quell'insieme praticamente immobile che – ogniqualvolta passavo furtivamente davanti alla camera, dove mi era proibito entrare – mi sembrava esistere da tempo immemorabile, simile a un quadro o un'illustrazione che avevo visto (o pensavo d'aver visto), dal titolo *La camera dell'ammalato*: un corpo sdraiato in camicia da notte blu, non coperto da un lenzuolo a causa del caldo, di cui si vedevano soltanto i nudi polpacci avvizziti e i piedi scheletrici e lividi; la schiena di mio padre in maniche di camicia, piegato in avanti sulla sedia, tanto da nascondere il viso di mia madre, e con le braccia tese e come bloccate nell'atto di un abbraccio angosciato; la signorina Slocum, che dall'altro lato del letto guardava impassibile con aria pensosa e sognante, e la luce riflessa dalla sua cuffia inamidata posata come una bianca tiara sulla cresta della permanente. Dietro di loro, i fiori – gladioli, rose bianche e gialle, tulipani, mazzi in cestini di vimini con manici di vimini. E, su un piedestallo, un ventilatore elettrico per spazzare via dalla camera quell'orribile fetore di fiori sfatti e di acri medicine. Florence e io ascoltammo, ci voltammo per scambiarci un'occhiata, ascoltammo ancora, e udimmo solo lo stridore delle cavallette nell'oscurità. La notte era feconda e profumata di clematidi. «Sai, Paul,» disse infine Florence «mi hanno raccontato che molti sono guariti dal male che ha la tua mamma, eppure stavano peggio di lei. Sì, molti. C'era una signora bianca di Suffolk che stava male proprio come la tua mamma. Me ne hanno parlato che non è molto. Restò tanto tempo a letto a soffrire e a prendere la morfina e tutte quelle cose, e all'improvviso guarì. Una notte giaceva in preda a questo grande dolore e le davano la morfina e tutte quelle cose, e poi cominciò a parlare e si alzò e camminò. Era completamente guarita. E da allora è sempre stata bene e in buona salute come te e me. Fu lo spirito di Dio a salvarla. Furono la grazia di Gesù Cristo e la Sua redenzione.»

«Sarebbe meraviglioso» cominciai. Sentii per un attimo uno strano fremito di speranza, un fermento interiore. Poi più nulla. «Io non ci credo. Voglio dire che la donna sia guarita... be', è possibile. Ma alla faccenda della redenzione, io in realtà non ci credo. Penso che Gesù sia okay, ma...» M'interruppi.

«Allora perché vai in chiesa?»

«Be', sai, non è che ci andiamo tanto regolarmente. Saranno due o tre mesi che non vado più alla scuola domenicale, e nemmeno in chiesa.»

«Allora come mai il tuo babbo ci va?»

«Te l'ho già spiegato tante volte, Flo. Papà ci va per rispettare la tradizione e perché apprezza la bellezza delle Scritture e i valori etici del cristianesimo. Mi ha detto una volta che la frequentava e voleva che io la frequentassi per assorbire certi insegnamenti di Gesù sulla giustizia. Lo faceva soprattutto per me, suppongo.»

«Ma secondo te, Paul, il tuo babbo crede? Crede nello Spirito Santo e nel potere del sangue e della preghiera?»

Esitai a lungo, poi dissi: «Non so, Flo, penso di no. Certe volte s'arrabbia moltissimo con la religione. Dice di essere uno scettico». Dopo un'altra pausa aggiunsi: «Una volta mi ha raccontato che, quando in chiesa recitavano una preghiera lunga, lui ripeteva tra sé e sé versi di Rilke, un poeta tedesco».

Nella penombra sentii Flo che scuoteva lentamente la testa. «Poeta. È una vera vergogna.» Un attimo dopo disse a bassa voce: «Credo che adesso andrò su a vedere come sta Miss Adelaide. Starò via solo un minuto. E quando torno, voglio vederti a letto. Non è domenica mattina? Non devi fare il giro con i giornali?»

«Sì.»

«A che ora?»

«Alle cinque» replicai.

«Gesù, è proprio come pensavo. Devi filare subito a letto, capito?»

Tra la cucina e la sala da pranzo c'era un'altra nicchia, un po' più grande della prima, che era la stanza da musica di mia madre. Qualcosa mi spinse ad andarci, e vi entrai nel momento stesso in cui udii i passi di Florence su per le scale. Accesi la lampada con lo stelo flessibile sul pianoforte verticale; il piccolo santuario si riempì di una tenue luce bronzea che illuminava il locale, caro a mia madre più di ogni altro della casa o di qualsiasi luogo in assoluto; scaffali e scaffali di spartiti rilegati, e sulle pareti, più in basso, dischi in album i cui dorsi recavano titoli in varie sfumature d'oro, luminose o sbiadite. Lei e mio padre li suonavano su un elegante grammofono elettrico modello Atwater Kent, "supereterodino", molto avanzato per quei tempi come resa sonora, ma con una tendenza a emettere suoni confusi se non si aveva l'accortezza di cambiare la puntina d'acciaio dopo una dozzina di dischi. Non individuavo tracce di sdolcinata iconolatria nei busti in gesso di Schubert, Beethoven e Brahms; se erano quelli i santi che mia madre venerava, la loro presenza era del tutto giustificata. Sul pianoforte c'erano fotografie incorniciate con dedica. Le aveva raccolte come altri fanno collezione di immagini di divi di Hollywood. «Für Adelaide» diceva una, sopra parole scarabocchiate in tedesco e firmate Gustav Mahler, un uomo con un viso da studioso e un'aria simpatica e un tantino folle. Un'altra: «Per Adelaide Whitehurst, con i più cordiali saluti, Ernestine Schumann-Heink». Arturo Toscanini, fiero. Fritz Kreisler, *gemütlich*. Lotte Lehmann, frivolmente regale. Una fotografia senza scritte, a parte il luogo e l'anno – Vienna 1904 –, attirava sempre il mio sguardo, perché ritraeva mia madre da giovane inghirlandata di trecce castano, gli occhiali, una camicetta accollata e una gonna a pieghe, che sorrideva, mettendo in mostra tutti i denti di un biancore smagliante, con un sorriso di pura infatuazione per il vecchio satiro baffuto sulla cui pancia sporgente lei posava la testa – il suo insegnante di canto, tale Herr Rudi Reichardt. Era stato lui che, in una dolce e memorabile giornata di tanti anni prima, l'aveva presentata a Mahler. Abbassando lo sguardo, vidi che il foglio di musica sul piano era un brano di *Winterreise* di Schubert. In fatto di musica, la mia cultura era ancora molto sommaria. Non avevo acquisito una vera familiarità con i pezzi che cantava mia madre, il flusso apparentemente inesauribile dei *Lieder* di Schubert e Schumann e Brahms e di un'altra dozzina di compositori, che aveva fatto sgorgare da quella stanzetta con una voce forte e limpida di contralto, un suono che mi era sempre parso dotato di una sua colorazione, opalescente come una perla. Fluivano tutte l'una nell'altra quelle canzoni insondabili; io potevo citarne non più di qualche titolo. Erano accomunate soltanto dalla voce che dava loro una tenerezza a volte cupa e a volte festosa. Erano pochi nel villaggio a interessarsi a una musica del genere, o ad ascoltarla con serietà; eppure nessuno considerava mia madre un tipo bizzarro o eccentrico, e ogni tanto, anzi, i bambini si radunavano ad ascoltarla lungo la staccionata del nostro giardinetto dietro casa, insieme con qualche adulto, e battevano le mani quando lei aveva finito, con un moderato ma sincero apprezzamento per quei motivi allegri o lamentosi, per quei versi esotici così lontani dall'estetica del «Lucky Strike Program» o del «Kollege of Musical Knowledge» di Kay Kyser, di Guy Lombardo e di altre melensaggini diffuse dalla radio. Ma la sua musica, e con essa il suo più grande piacere nella vita, avevano subito un colpo tremendo un paio d'anni prima. Un pomeriggio, inciampando, era caduta in una delle sue aiuole di fiori. Quel che poteva essere un innocuo ruzzolone ebbe delle conseguenze gravi; il cancro aveva cominciato a crivellarle le ossa, e la gamba si ruppe in modo irreparabile. Da qui l'apparecchio che era costretta a portare, un macabro congegno d'acciaio e di cinghie di cuoio di cui non poteva fare a meno né quando stava in piedi o camminava, né quando sedeva, con la gamba disposta ad angolo retto, e dunque impossibilitata a suonare il piano. Tutto questo l'affliggeva terribilmente, ma non la scoraggiò del tutto. Era così legata alle sue canzoni che s'accontentava spesso di cantarle senza accompagnamento; l'armonia era scomparsa, ma la sua bella voce resisteva, indebolendosi sino a spegnersi solo quando tutto il suo corpo fu travolto dalla spossatezza e non fu più in grado di camminare. In uno degli ultimi ricordi che conservo di lei, prima che fosse costretta a letto, la vedo in piedi nel suo giardino, tra i vividi fiori di maggio, i saettanti colibrì e le api instancabili. Volgendomi le spalle, era rimasta per un attimo immobile. Poi aveva azzardato un paio di passi zoppicanti con apparecchio e bastone. E subito, da come aveva chinato la testa, avevo capito che stava per cantare. Udii un respiro profondo, una prima nota esitante, poi la sua voce si levò in una chiara, limpida, serena melodia:

Ist auf deinem Psalter,
Vater der Lie-be...

Quel giorno m'affrettai a rientrare in casa prima che il brano finisse. Volevo cancellare dalla mia mente ogni immagine della sua malattia – la schiena curva, l'apparecchio, il bastone – e riempirla, almeno per un momento, della risonanza della voce e della sua grandiosa, rapsodica esaltazione.

Sentii qualcuno avvicinarsi alla porta d'ingresso e capii immediatamente – dal numero dei colpi nervosi battuti alla porta schermata dalla zanzariera – che doveva trattarsi del dottor Beecroft. Attraversai il soggiorno e lo feci entrare. Avvertii un odore di tintura di iodio, che veniva dal suo cascante completo di lino gessato, prima ancora che la luce della veranda gli illuminasse la testa calva, la fronte sudata, le lenti spesse a schermare occhi ansiosi che, non appena mi videro, si sforzarono subito di far trasparire un guizzo di disinvoltura. Qualche oggetto metallico nella sua borsa nera prese a tintinnare; mi figurai subito forcipi, bisturi, strumenti per praticare salassi... «Salve, figliolo,» mi disse amabilmente «alzato a quest'ora?» Non risposi, non potei rispondere, perché, proprio nel momento in cui il medico entrava nel vestibolo, ci fu un trambusto nella camera di mia madre al piano di sopra. Udimmo uno strascicar di piedi, un tonfo, voci che salivano di tono. Il dottore attraversò rapido il soggiorno e salì le scale, con me che lo seguivo, consapevole che il suono, o i suoni, che mia madre emetteva non erano più urla, ma il flusso e riflusso soffocato del respiro, come se le urla fossero state a tal punto sopraffatte dalla spossatezza che dall'abisso del suo tormento poteva giungere soltanto un tremulo e flebile gemito. Ma riuscì in qualche modo a formulare parole, e le parole che udii furono: «Jeff, Jeff! Tienimi stretta!». Arrivati in cima alle scale, riuscii a guardare dentro la camera e vidi mio padre che la stava prendendo fra le braccia. Discutevano sempre e si beccavano tanto, pensai. Non si toccavano mai molto con amore. Florence e la signorina Slocum li guardavano in silenzio. Mio padre sollevò quel fragile corpo e se lo strinse al petto. La sua testa china e il dietro della camicia madida di sudore mi impedirono di vedere il viso di mia madre là sulla soglia dove mi ero fermato, tremando; le vibrazioni del ventilatore elettrico coprivano i suoi bisbigli. Pensai: quanto discutevano. Non urlavano e non litigavano come i Rowe e gli Hale. Ma discutevano tanto, più o meno pacatamente.

Mi sono trattenuto a lungo prima di dirtelo, Addy, ma lascia che te lo dica adesso: ti considero una maledetta snob.

Non alzare così la voce davanti a Paul.

Paul, figliolo, esci per favore. E tu lasciami continuare. Dici che Harry Bladen è un ubriacone e non ti piacciono i suoi modi, e io sono il primo ad ammettere che forse ha un debole per la bottiglia. Ma in quel mausoleo dove guadagno il nostro pane quotidiano è uno dei pochi colleghi con cui posso fare dei discorsi ragionevolmente intelligenti, uno dei pochi in tutta questa comunità – te esclusa, s'intende – che abbia fatto qualche lettura diver-

sa da un libro tecnico, che apprezzi un quadro di qualità superiore a quella di Norman Rockwell, che abbia addirittura studiato, per conto proprio, un po' di filosofia, proprio come me. Se con te è un po' scortese, come tu pensi – ma io credo che sia solo frutto della tua immaginazione –, forse è perché si rende conto che sei un'irriducibile reazionaria, incapace dopo tanti anni di sfuggire alla tua educazione fra quegli avvoltoi del Nord, ossessionati dal denaro e proiettati soltanto verso il dollaro onnipotente, che sono i tuoi familiari e i loro amici. Per esempio, quel paleozoico di tuo cognato, che...

Finiscila! Non parlare della mia famiglia! Non ho nessuna intenzione di farmi vituperare o prendere in giro da te o da Harry Bladen o da chiunque altro per ragioni futili come il disgusto che ho espresso per la politica del Partito democratico e ciò che fa Franklin D. Roosevelt. Ma se noi la pensassimo diversamente soltanto per quel che riguarda la politica, non ci sarebbero problemi. Il problema è questa comunità, sono queste persone noiose da morire, sulla cui gentilezza e generosità d'animo non ho nulla da eccepire, ma con le quali, capisci, non ho assolutamente nulla in comune. Sono loro che hanno contribuito a dividerci. Ho cercato per anni di capire i sudisti, di andarci d'accordo, ma alla fine ho dovuto arrendermi di fronte a un provincialismo e una cecità culturale che non hanno uguali nel mondo. Non è il tuo tanto idolatrato H.L. Mencken a definire giustamente il Sud il Sahara delle belle arti? Impazzirei se non avessi la mia musica! Non immagini neanche quante volte avrei voluto non aver mai lasciato il Nord, essere andata a New York...

Avevi avuto la tua occasione, mia cara. Stavi per sposare quel borioso di Pittsburgh, che era proprio delle tue parti. Perché non sei andata fino in fondo? Lui ti avrebbe tenuta lontana da questo deserto culturale.

Certo che lo avrebbe fatto! Se avessi sposato Charlie Winslow, penso che, almeno ogni tanto, avremmo fatto qualche viaggio. Sono sicura che mi avrebbe portata a Parigi e che avrei rivisto Vienna. Avrei potuto persino permettermi un abito di Chanel – nien-

te di particolarmente lussuoso, capisci, ma qualcosa che a una donna piacerebbe indossare almeno una volta nella vita. E questo sarebbe chieder...

Allora mi dispiace, Adelaide, che ti sia accontentata di così poco. Io non ti ho mai promesso ricchezze. Sapevi che non era nella mia natura. Il patto che abbiamo stretto parlava di una famiglia, di amore e di reciproca compagnia. Io non sarei capace di farti vivere, o di vivere io stesso, nel lusso, neanche se mi preoccupassi di accumulare il denaro che potrebbe permettermelo. Ho sempre ammirato tante cose di te. Ma non posso ammirare la tua incapacità di capire che le mie passioni non si rivolgono a oggetti tangibili, ma, se me lo concedi, a questioni dello spirito e dell'intelletto. Per questo il mio tempo libero è per me prezioso come per te la tua musica, e per questo passo tanto tempo nel mio studiolo di sopra a scrivere e leggere e pensare, invece di progettare modi di far quattrini, come fanno tanti miei conoscenti nel bel mezzo di questa crisi spaventosa. Per questo sono, e senza dubbio lo sarò sempre, un umile sgobbone che si guadagna un'umile paga facendo un lavoro al quale non tengo molto. L'ho accettato come un dato di fatto, probabilmente inalterabile, della mia esistenza. Vorrei che lo accettassi anche tu. E non posso ammirarti se mi disprezzi per questo...

Io non ti disprezzo, Jeff...

Buonanotte, Addy.

«Io insisto, Tom» stava dicendo mio padre al dottor Beecroft. Papà aveva un viso magro e austero, con un naso prominente e occhi pensosi, malinconici. Adesso quel viso, di solito così impassibile, era stravolto dall'angoscia. «Devi darle più morfina! Insisto! È un dolore insopportabile! Diabolico!»

«Jeff, non credo di potergliene dare di più» replicò il medico. Loro due – senza la signorina Slocum – si erano spostati nel vestibolo, dove mia madre non poteva udirli, e io, rifugiatomi nella zona in penombra vicino alla mia camera, ascoltavo la voce paziente e lucida del dottore. «Come ti ho già detto questo pomeriggio, si arriva spesso a una sorta di tolleranza e un lungo periodo di somministrazione riduce la risposta al farmaco. È quello che è successo a Adelaide. Incomincia a non assorbire più le iniezioni. Inoltre mi diventa sempre più difficile trovare un punto in cui le iniezioni in sé non le diano dolore. Si è talmente essiccata, capisci.» Fece una pausa. «Proverò invece a somministrarle qualche altra cosa – cocaina per via orale, ammesso che riesca a deglutirla e a tenerla nello stomaco. A volte può essere efficace. Proverò anche qualche intramuscolare...» Continuò ancora per un po', un bla bla bla inintelligibile.

«Ti prego, Tom, fa' il possibile. Deve esserci un modo per eliminare questo...» Mi vide nel momento stesso in cui io vidi lui. «Paul» disse. La calma non era una dote di papà, nonostante la sua propensione per la filosofia. Per sua fortuna, non aveva mai avuto troppi problemi nel corso della sua esistenza. Non era molto sicuro di sé e anche il più piccolo incidente lo rendeva teso e nervoso. Il suo viso scarno aveva una delicatezza professorale più consona alla riflessione che allo scontro; quando era in preda all'agitazione, aveva gli occhi in fiamme, che mi spaventavano un poco, e in quel momento sentii che non l'avevo mai visto così sofferente, così sconvolto nel profondo dell'animo. «Paul, figliolo,» disse, con tutta la dolcezza di cui era capace, «dovresti essere a letto.»

«Tanto vale che rimanga alzato, papà» dissi. «Sono quasi le due. E alle cinque devo andare a portare i giornali.»

«Stamattina non porterai nessun giornale.»

«Papà...» Esitai, non sapendo come rispondere. *Perché, papà? Perché stamattina no, papà? Perché? Perché?*

«Ascolta, Paul, figlio...» Esitò anche lui, per un attimo, finché Florence non venne in suo aiuto.

«Signor Jeff,» disse «perché non lascia che il ragazzo porti i giornali anche stamattina? Al negozio lo stanno aspettando.» Era il suo modo di affermare una non verità che chiedeva a gran voce di essere detta, almeno in quel momento, nel vestibolo, in quell'atmosfera di disperata irresolutezza, e io sapevo che lo faceva per me. *Andrà tutto benissimo, bambino.* «Il signor Quigley licenzierà il ragazzo, se lei non lo lascerà andare.»

«Allora okay, figliolo» disse papà con voce soffocata. «Ma voglio lo stesso che tu cerchi di dormire un po'.»

C'era un ragazzo della mia età che si chiamava Bruce Watkins, che come me e altri cinque ragazzi faceva il giro di consegna dei giornali per il signor Quigley, e ogni domenica all'alba mi svegliava lanciando una manciata di sassolini contro la zanzariera della mia finestra. Quella mattina mi destò da un confuso dormiveglia una sorta di ticchettio, simile a un improvviso scroscio di pioggia, che mi fece rizzare a sedere sul letto con la sensazione di svegliarmi esausto in un luogo estraneo. Restai in attesa di quel suono – il suono indicibile – ma non udii nulla. Mi infilai i calzoncini e la camicia sportiva e, avviandomi per scendere da basso, vidi che la signorina Slocum si era appisolata, con la bocca aperta e russando leggermente, al capezzale di mia madre. La porta della camera di mio padre era chiusa, e ciò significava che stava dormendo o cercava più semplicemente d'addormentarsi, con quel caldo che ti stordiva, e che, già a quell'ora, si rivelava di un'intensità innaturale, quasi artificiale, come quella del locale delle caldaie di una nave da guerra, che una volta avevo avuto il permesso di visitare. Fuori, sul prato, il caldo era come imprigionato in un secchio enorme, né smosso da un alito di vento né alleviato dalle diradanti ombre della notte, tanto che l'erba, di solito umida di rugiada, era secca e friabile sotto le mie scarpe di tela, e i sicomori sembravano flosci e appassiti nella prima luce che ne tingeva d'argento le foglie. Era una di quelle mattine del Sud in cui la gente, svegliandosi, si stirava e mormorava: «Oh, Gesù». L'aria era afosa e greve di minacce, il calore del nuovo giorno si stava avvicinando come un cataclisma. Mi sentivo girar la testa dal sonno; gocce di sudore mi colavano già lungo la schiena. Bruce e io c'incontrammo sul marciapiede e attraversammo insieme le strade dormienti del villaggio, diretti verso il negozio. Per un po' restammo in silenzio. Abitava nel vicinato: la sua era una famiglia numerosa, allegramente trasandata, una di quelle che io tanto invidiavo. Di quindici centimetri più alto di me, era anche maggiore di un anno, e gli invidiavo persino quel velo di peluria sul viso, quell'occasionale abbassamento androgino della voce dal soprano al gracidio, persino la chiazza rosea dell'acne intorno al naso. Lui stava diventando uomo; io mi sentivo ancora stretto nella verde morsa dell'infanzia.

«Come sta la tua mamma?» disse infine Bruce. Sentii che nel suo tono si mescolavano incertezza, solidarietà, e al tempo stesso senso del dovere. Intuii che non aveva voglia di parlarne più di quanta ne avessi io; ma sapeva, come me, che non c'era modo di evitarlo.

«È proprio malata, credo» replicai; poi, dopo una pausa: «Voglio dire che sta davvero male».

«Mi dispiace» disse lui, non una parola di più: ci rendevamo conto entrambi che il discorso era chiuso. E passammo subito all'argomento più ovvio tra quelli a nostra disposizione.

«Quanto hai portato a casa venerdì?» domandò Bruce.

«Un dollaro e quindici. E tu?»

«Un dollaro e trenta. Quel brutto bastardo. Sai che cosa mi ha raccontato ieri Wilson? Una cosa molto interessante.»

«Sarebbe?» dissi.

«Be', mi ha detto che sta portando via roba a Quigley da due settimane.»

«Roba?» dissi. «Che genere di roba?»

«Oh, be',» disse Bruce «roba di tutti i generi. Gomme.

Caramelle. Pacchetti di Old Gold. Le sigarette le dà a suo fratello. E riviste. E un paio di accendini Zippo dal banco. Si è anche preso uno di quei cuscini rossi con la faccia di Roosevelt. È stufo marcio di Quigley.»

«Vuoi dire che ha rubato?» dissi, sinceramente sorpreso. «Gesù, io non ruberei mai niente, e tu?»

«No. Nemmeno io.» Fece una pausa. «Be', una volta, la primavera scorsa, mi sono preso una Milky Way. Più d'una, per essere sincero.» Un'altra pausa. «Cinque o sei.»

«Penso che non ci sia niente di male» dissi, con una punta d'invidia, e poi aggiunsi: «Io lascerei subito questo lavoro, se non avessi bisogno di soldi. Papà non può darmi molto come mancetta. Siamo davvero in difficoltà. Deve anche pensare a mia nonna, giù nel North Carolina, e a un mucchio di altri parenti. E l'infermiera, la signorina Slocum, deve costargli un capitale».

«Lo lascerei anch'io,» disse Bruce «forse lo lascerò davvero. Non so.»

L'alba inondava il villaggio di una calda luce dorata. Dalle case – ciascuna delimitata da un'aiuola, ciascuna confinante con la casa vicina, su un tratto d'erba ben tenuta – giungeva il ronzio collettivo dei ventilatori elettrici; un'aria calda soffiava dalle camere da letto del primo piano sino a riempire l'alba di un sonnolento brusio, e brusio si fondeva a brusio via via che ci spostavamo da una casa all'altra. I cani, che dormivano nelle verande protette dalle zanzariere, erano intontiti dal caldo, ma ogni tanto, al nostro passaggio, un gatto raggomitolato su una terrazza si tirava su, si guardava attorno furtivo e schizzava via. Dopo quasi mezzo secolo, ricordo ancora quella camminata con i vividi contorni della realtà. Il villaggio aveva un suo gradevole nitore geometrico, con le case rivestite ora di intonaco, ora di assicelle, l'intersecarsi delle strade lineari, i viali dritti e lastricati. D'aspetto era tradizionalmente Tudor, ma moderno quanto bastava a non essere pittoresco; l'ordinata angolarità era attenuata da disordinati rettangoli di alberi ombriferi, di siepi e di arbusti, e l'insieme sarebbe dovuto servire da modello per le schiere di squallide Levittown e Daly City che ne erano le dirette discendenti. Era il primo vero complesso residenziale del paese, costruito dal cantiere per i suoi impiegati durante la Grande Guerra. Le case erano molto piccole, ma ben costruite. Inserisco, forse un po' gratuitamente, questa osservazione, per confermare a me stesso che il villaggio, nonostante gli inconvenienti dovuti agli spazi angusti, era un luogo dove vivere era più gradevole e bello che non in quegli obbrobri progettati in serie e tecnologicamente avanzati che avrebbero sommerso il paesaggio nei decenni successivi. A tredici anni amavo la serena affabilità del villaggio, il ronzio dei ventilatori elettrici che si fondevano in un unico grande ronzio da alveare come in quell'alba di settembre. Il ronzio mi richiamò alla memoria, quel mattino, un'altra straordinaria continuità di suono: «Amos 'n' Andy», lo spettacolo radiofonico che andava in onda ogni giorno feriale alle sette di sera. Questo programma, con la sua farsesca comicità, era talmente adorato da tutti, nel villaggio e altrove, che nei giorni in cui dovevo consegnare tardi i giornali, potevo ascoltare, passando da un prato all'altro, le gag e le risate fragorose che rimbombavano dalle finestre aperte, senza che mi sfuggisse una sola battuta, un solo particolare della puntata di quella sera. «Kingfish è una tigre pericolosa con le donne!» affermava Amos, con una voce che tuonava da una mezza dozzina di radio. Seguivano gli antifonali scoppi di risa di una mezza dozzina di sovraintendenti del cantiere che, spaparanzati nei loro angusti soggiorni dopo l'abbondante pasto serale, si davano allegre pacche sulla pancia, masticando sigari Hav-a-Tampa. Continuando ad arrancare, non perdevo una parola di dialogo; mi rallegrava enormemente, alleviando la mia fatica.

Ricordo il titolo principale di quel mattino con la stessa chiarezza con cui ricordo quelli delle guerre, degli attentati, dei bombardamenti, dei massacri, degli olocausti e degli omicidi di massa apparsi sulle prime pagine dei giornali con il procedere del secolo... *Praga attende l'ultimatum di Hitler...* Nel Quigley's Store mi ero seduto su una pila di giornali che portavano questa notizia, domandandomi quando il signor Quigley ci avrebbe ordinato di riempire le borse con le voluminose edizioni domenicali. Ad appesantirle contribuivano le inserzioni pubblicitarie in occasione della riapertura delle scuole, nonché un inserto di quaranta pagine per celebrare il venticinquesimo anniversario dei grandi magazzini Weissberger. Sulla copertina di questo inserto, notai, era riprodotta quella targa commemorativa raffigurante il volto del proprietario, con quel naso che esercitava su di me un fascino perenne. Quel mattino c'era stato un disguido con i giornali; alcuni pacchi erano arrivati, ma non a sufficienza, e la colpa era, come sempre, di Ralph. Spettava a lui attendere, verso le quattro, il camion delle consegne che veniva dalla città, e accertarsi che scaricasse il giusto numero di pacchi; ma quel mattino aveva perso la testa e si era lasciato sfuggire almeno cento giornali. Il signor Quigley era furibondo, e io, seduto con gli altri ragazzi, quando lo vidi emergere gobbo come Quasimodo, dal retro, fui grato che avesse dato libero sfogo alla sua collera là dove le nostre orecchie non potevano arrivare – fuori scena, per così dire –, avendolo udito altre volte, in passato, rimproverare a Ralph la sua goffaggine o le sue numerose pecche nel corso di scenate oltremodo sgradevoli che mi facevano sempre venire voglia di fuggire dove nessuno potesse vedermi. Poi Ralph uscì, al seguito del signor Quigley, dal magazzino, bisbigliando e torcendosi le mani, prossimo alle lacrime; sul suo volto tondo, del colore del caramello, era dipinta quell'espressione di trasfigurata sofferenza animale che compare sul volto delle persone molto limitate, quando sono il bersaglio della furia altrui. «Oh, capo,» supplicò con la sua voce infantile «non mi licenzi, la prego, non lo faccia, per favore. La mamma morirà se lei licenzia il vecchio Ralph.»

«Dio ha fatto i facoceri più intelligenti dei negri» disse il signor Quigley, senza rivolgersi a nessuno in particolare. Sapevo che non avrebbe mai licenziato Ralph, i cui servizi gli costavano davvero poco. E poi, nel suo modo sbadato, gli voleva bene.

A quel punto, dall'alloggio padronale al piano di sopra, comparve la signora Quigley, ciabattando in pantofole e vestaglia, con la Raleigh orlata di sughero che le penzolava dalle labbra e una mano già allungata ad agguantare una Coca-Cola. La domenica mattina era priva di qualunque fascino, né ostentava la consueta allegria. Quella lastra del suo viso, bianca come carne di vitello e non ancora abbellita dagli abituali spessi strati di cosmetici, le dava l'aspetto di un ufficiale ungherese degli ussari che avevo visto in un film – di un cavalleggero con i bigodini. «Che cosa succede, Quigley?» domandò. (Mi torna in mente all'improvviso perché di lui non seppi mai altro che il cognome: nessuno lo chiamava per nome, neanche la moglie.) «Quaggiù state facendo un baccano del diavolo.»

«Il genio nubiano ha lasciato che quei tangheri ci fregassero cinque pacchi» replicò lui, accendendosi a sua volta una sigaretta e cominciando ad armeggiare con il telefono pubblico in cui aveva infilato un nichelino. «Con le sue sole forze questo genio manda in malora uno dei più efficienti servizi di distribuzione di giornali che ci siano in Virginia. E intanto il mondo è sull'orlo della catastrofe. L'umanità aspetta di conoscere il suo destino.» Faceva sfoggio del suo umorismo, in questo modo penoso, a beneficio di noi ragazzi, perché la sua voce parodiava l'intonazione colta di Lowell Thomas, il più noto commentatore radiofonico americano, che, insieme ai titoli dei giornali, era la sua unica fonte d'informazione sui fatti d'attualità. (Adottava questo stesso stile, ma con maggiore solennità, davanti ai clienti, i perdigiorno del pomeriggio, che, ignari di tutto, lo consideravano un oracolo.) Strinsi i denti e chiusi gli occhi, mentre lui, sbatacchiando rumorosamente il gancio del ricevitore per richiamare l'attenzione del centralinista, continuava: «I barbari si stanno ammassando alla frontiera cecoslovacca. Il fascismo imperversa nella Spagna distrutta. Da noi, a dispetto delle previsioni, la crisi economica continua ad aggravarsi. E intanto nel Quigley's Store c'è questo genio nubiano che da solo è riuscito a impedire a cento clienti di ricevere i giornali». Decisi di non prestare ascolto alle sue parole, che mi giunsero come un'eco lontana quando si mise in contatto con il giornale e urlò le sue lagnanze. Tutti i suoi discorsi si dispersero in qualche angolo remoto della mia coscienza. Fissavo una vetrinetta a forma di cupola, un'accozzaglia di cianfrusaglie, il cui endemico disordine mi aveva sempre depresso; una tribù di commessi viaggiatori d'infimo livello vi aveva depositato un caotico mucchio di piccoli oggetti che, apparentemente, nessuno aveva mai comprato e solo di rado erano stati guardati. Pettini, portacenere di porcellana, bandiere confederate su bastoncini di legno dorato, portafogli di finta pelle, statuette di gesso di Mr Peanut, bambole di Betty Boop, braccialetti contro il malocchio, hot dog di gomma, scatolette rotonde di polvere per starnutire, stronzi di cane finti la cui realistica lucentezza si era appannata, al pari di quella di tutti gli altri invendibili manufatti – compresi quelli ribassati da venticinque a dieci centesimi, e infine a cinque –, sino a sfumare in un grigio di morte sotto uno strato di polvere quigleyana. Con uno sforzo mi lasciai consciamente distrarre da quel grigio ciarpame. Mi misi a contare bambole, pettini e portacenere, conferendo solennità a quel momento, liberandomi dall'immagine di mia madre. Se mi svegliassi all'inferno, pensai, mi troverei in mezzo a questa congerie di carabattole.

Bruce e io ci avviammo con i giornali disponibili nelle borse. Era spuntato il sole: alla sua vista trasalimmo. Fatti pochi passi, ansimavamo già scacciando le mosche che si erano radunate sotto gli alberi – «come se aspettassero proprio noi» borbottò Bruce. Soltanto gli uccelli, che ciarlavano e cinguettavano insensatamente sui sicomori, ignoravano il caldo. Bruce mi lasciò per fare il suo giro. La domenica, sia per il maggior volume di ogni copia, sia per il numero più elevato di copie da consegnare, eravamo obbligati a fare rifornimento nei vari depositi situati sui marciapiedi agli incroci del villaggio. Per rifornire questi depositi, il signor Quigley si era comprato, a un'asta della polizia, una motocicletta usata Harley-Davidson con il sidecar, che contribuiva a realizzare qualche sua inebriante fantasia già espressa dal berretto d'aviatore alla Lindbergh, paraorecchie compreso, che portava sempre, e dalla casacca da ufficiale d'aviazione che indossava quando il caldo non era insopportabile. (Birra a parte, nella contea vigeva il proibizionismo, e tutti noi sapevamo che si serviva del carrozzino della moto per trasportare liquori di contrabbando, la più redditizia delle sue attività secondarie.) L'installazione dei depositi domenicali, che alterava la nostra routine feriale, obbligava noi addetti alla distribuzione a un'assurda puntualità, poiché, sebbene nel villaggio l'incidenza di reati fosse pari a zero (chiudere a chiave la porta di casa sarebbe suonato come un insulto per i vicini), il signor Quigley si aspettava sempre dei furti, e di conseguenza non lasciava mai incustoditi i suoi depositi. Montava la guardia con impazienza davanti alla pila di giornali – nella sua frusta tenuta paramilitare che gli dava l'aria di chi è pronto a sparare per uccidere – finché non arrivava uno di noi, solitamente di corsa, per riempire di nuovo la borsa. Se tardavamo più di un certo numero di minuti – variabile, ricordo, e fissato arbitrariamente a suo capriccio – venivamo multati di cinque o dieci centesimi. Un uomo simile poteva sfuggire all'assassinio solo in un periodo di tracollo economico. Il trascorrere degli anni mi ha permesso di guardare a lui con una certa indulgenza, impensabile per me nell'epoca in cui, non avendo letto né Dickens né Dostoevskij, e nemmeno un trattato elementare di psicopatologia, non riuscivo a vederlo come uno di quei meschini e miserevoli autocrati che tiranneggiano di norma i bambini e i subalterni più indifesi. Un uomo da disprezzare, certo, ma non da odiare. Mi è anche venuto in mente che fosse un po' svanito, e questo potrebbe forse assolverlo, almeno in parte. Ma allora avevo tredici anni ed ero esasperato. Quel mattino desideravo soltanto vederlo morto. Stavo crepando di caldo. Nell'avvicinarmi sbuffando al luogo dell'appuntamento, vidi che mi aspettava, con un piede posato sulla mia pila di giornali, e lo sguardo torvo fisso sull'orologio. Uno dei cani che avevo imparato a conoscere nel mio giro, una vecchia femmina di beagle con gli occhi catarrosi che ogni tanto mi fermavo ad accarezzare, si era messa in movimento e scodinzolava al mio fianco con la lingua penzoloni. Sapevo che sarei stato multato di cinque centesimi, forse di dieci. Furono dieci.

«Io me ne vado» dissi. Ero sbalordito. Le parole mi erano sgorgate spontanee, come un grido di dolore.

«Che cosa hai detto?»

«Io me ne vado» ripetei.

«Cosa vuole dire che te ne vai?» disse. «Quando?»

«Subito, in questo minuto stesso» replicai. L'indignazione aveva cominciato a pulsarmi nelle tempie e m'impediva di parlare con coerenza. «In questo minuto stesso. Lei mi ha dato dieci centesimi di multa in una giornata come questa, così calda che quasi non ce la faccio a camminare... io me ne vado subito!» Avevo alzato la voce. E un pensiero mi balenò nella mente: Gesù, sono proprio *io* che ribatto. «Non ho bisogno dei suoi soldi, capito?» Cominciai ad allontanarmi, aggirando la motocicletta e ricordando la sprezzante definizione che del signor Quigley aveva dato mio padre, dopo averlo incontrato un paio di volte e aver provato per lui il più profondo disgusto. «Maledetto omuncolo!» dissi.

«Ehi, torna qui, Whitehurst!» ordinò. Io voltai la testa e contraccambiai il suo sguardo torvo. «Mi stai dando della checca?» disse.

«Le do dell'imbroglione e del prepotente» replicai. «Mi lasci in pace!» Mi girai di nuovo e cominciai ad allontanarmi.

«Ehi, Whitehurst, maledizione, ascolta, torna subito qui!» Nella sua voce c'era adesso un tono conciliante, e insieme una punta di frenesia, perché non solo lo lasciavo nelle peste con alcune decine di giornali non consegnati, ma avevo dato inizio a una ribellione, probabilmente la prima che dovesse fronteggiare. Credo che mai nessuno lo avesse piantato in asso. La sua immagine d'imprenditore ne risultava danneggiata, riflettei molto tempo dopo, e fu sicuramente questo a determinare il suo voltafaccia, improvviso come un fulmine, a farlo tornare sui suoi passi e prendermi per un braccio, mormorando in tono concitato: «Senti, ritiro tutto. Era solo uno scherzo, Whitehurst. Non ti multerò neanche di un centesimo. Adesso raccogli questi giornali e vai a fare il tuo giro, d'accordo? E quando avrai finito e tornerai in negozio, tu e io ci metteremo seduti a fare una bella chiacchierata, da uomo a uomo. Sui tuoi debiti e sul resto. Sono una persona ragionevole io. Ci berremo anche un paio di Coche. Avrei dovuto tener conto del caldo, e quindi ritiro tutto, va bene?».

Capitolai come in trance. Senza dir niente, mi voltai verso la pila dei giornali, che stipai diligentemente nella borsa e mi caricai poi sulle spalle oltrepassando il signor Quigley e avviandomi verso una fila di terrazze e di verande che cominciavano ad assorbire l'intensa e ardente luminescenza del mattino. La cagna mi si accodò ancora per qualche passo, poi trotterellò verso casa.

La sua pericolosa introversione? Ma, Addy, tesoro, quello che stai dicendo è assurdo. Come può una cosa del genere rappresentare un pericolo? Hai soltanto trovato un biglietto, scritto di sua mano, sul tavolo di camera sua. Ti sembra tanto pericoloso?

Francamente sì, per un ragazzo di dodici anni.

E ti dispiacerebbe ripetermi esattamente che cosa c'era scritto in quel biglietto?

Lo ha lasciato lì prima di uscire. L'ho visto quando sono entrata con Florence a fare pulizia. C'era scritto, come avevo cominciato a dirti: «Voglio...» e poi quel verbo che comincia per sco... «voglio cosare Lilly Fletcher». Tutto qui.

Non riesci ancora a pronunciarla quella parola? Alla tua età?

No, non ci riesco.

Chi è Lilly Fletcher?

Una sua compagna di classe.

È carina?

Jefferson! Che differenza fa? Quel che mi domando è, primo, perché un ragazzo debba scrivere un biglietto del genere e, secondo, perché debba lasciarlo in bella vista su un tavolo in modo che tu o io o chiunque altro potessimo scoprirlo.

Forse il solo fatto di scriverlo gli sembrava sessualmente eccitante, un'espressione della sua identità sessuale.

Identità sessuale? Ma, per l'amor del cielo, ha appena compiuto dodici anni!

Il dottor Freud, della tua città preferita, dice che cominciamo ad avere un'identità sessuale quando siamo al mondo da poche settimane...

Non scherzare, Jeff. A parte questo, per quale motivo avrà lasciato il biglietto esposto – no, anzi, esibito – in quel modo?

Chi lo sa? Forse se n'era semplicemente dimenticato. Forse pensava che potesse essere eccitante per te o per me, se ci fosse capitato di trovarlo. O per Lilly Fletcher.

Sei un immorale, Jeff! È abominevole!

E tu sei, come sempre, una noiosa puritana! Che male ci sarebbe se scrivere quella parola, collegata per di più al nome di Lilly Fletcher, lo avesse eccitato sessualmente? La parola, tra parentesi, è «scopare», e quante volte ai vecchi tempi avrei voluto pronunciarla davanti a te, dicendoti «scopami, scopami», e sentirla da te, con gioia! Ma non ho mai potuto...

Jeff! Basta!

Se mai...

Basta. Basta, Jeff. Non posso farci niente se...

Scusami, Addy.

Per favore, non sollevare mai più questo argomento. Mi fa male. E non dire più «ai vecchi tempi».

Scusami, Addy, tesoro. Perdonami. Ho detto delle cose ripugnanti...

Immagino che il mio rispetto per certe limitazioni del linguaggio sia soltanto espressione di un'antiquata eccentricità.

No, forse è solo che non sono mai riuscito a far quadrare il piacere che ti danno certi scrittori moderni – James T. Farrell, per esempio, o Hemingway – con questa, scusami se te lo dico, cara, con questa evidente pruderie.

Stavamo parlando del ragazzo, Jeff.

E allora?

Non è solo la questione sessuale. È del suo rifugiarsi nella solitudine, della sua introversione, che io stavo parlando. È quasi sempre solo, sceglie di esserlo. Non che non mi faccia piacere che legga tanto, che adori tanto i libri. E so che gli piace il football, almeno guardarlo. Non penso che non sia virile. Ma mi preoccupa il modo in cui si ritrae nel suo guscio, le ore e ore di isolamento. Mi fa paura l'idea che perda contatto con la realtà...

È possibile che questa realtà gli risulti ogni tanto insopportabile. Perché no? È così anche per me.

Che cosa intendi dire... quale realtà?

Non so come spiegarmi. Mi sono messo a rileggere Kant. Forse quando avrò finito potrò spiegartelo.

Ti amo, Jeff. E amo nostro figlio. Lo amo tanto.

Scusami se ho alzato la voce, Addy.

Durante il mio giro passai davanti alle case, senza mai alzare gli occhi dai marciapiedi o fermarmi per lasciare un giornale davanti a una porta. Il villaggio si stava svegliando, i più mattinieri scendevano da basso a passi pesanti. Scorreva l'acqua nelle toilette, udivo qua e là il gorgoglio di una vasca da bagno; una zaffata di caffè o di pane fresco mi metteva in subbuglio lo stomaco. Continuavo ad arrancare. La cinghia della borsa, non alleviata da alcun alleggerimento del carico, mi tagliava la pelle, ma quasi non mi accorgevo dell'abrasione. Nell'impazienza di raggiungere la mia meta, il peso morto di tutta quella carta, che le altre domeniche sentivo come di ghisa, mi pareva stranamente leggero, quasi uno stimolo ad affrettarmi. Alla chiesa episcopale il sacrestano, un vecchio negro in tuta, che stava innaffiando con una canna un'aiuola di dalie e margherite, levò un roseo palmo in segno di saluto, poi roteò gli occhi con lenta perplessità vedendo che, quella domenica, non gli rispondevo. Apparve il fiume, grigio azzurro, scintillante, un immenso estuario, talmente largo che la riva opposta era un sottile nastro orizzontale, una linea di verde indistinto che tremolava in lontananza come un miraggio. Continuai ad avanzare verso la riva, attraversando un tratto di terreno paludoso che m'inzuppò le scarpe. Poi mi arrampicai con un po' di fatica su un pendio sabbioso e raggiunsi il pontile. Il pontile! La mia seconda casa estiva, il mio rifugio, il mio club, la mia riviera, la mia salvezza. Sostenuto da piloni di legno incrostati di conchiglie, e lungo un centinaio di metri, terminava in una piattaforma, dove, con la bassa o con l'alta marea, nuotavamo o ci tuffavamo come pellicani, immergendoci in quell'acqua torbida che, durante l'estate, era calda quanto la foce del Rio delle Amazzoni. Era come il bagno del sabato sera, ma un po' meno igienico, poiché ci trovavamo pochi chilometri più a valle dell'enorme cantiere e dei suoi effluvi, integrati da altri effluvi erranti della città e del villaggio, in compagnia di strani oggetti che andavano alla deriva: il pesce oblungo e trasparente che galleggiava a qualche decina di centimetri dal mio naso era, come mi resi conto con disgusto molto tempo dopo, un preservativo che viaggiava pigramente verso il mare, dopo aver svolto la sua funzione. Le preoccupazioni di quei tempi per la salute venivano accantonate sulla riva; tutti nuotavano nel sudicio James, me compreso. Era il sole a farmi uscire dal bozzolo solitario della mia camera: quell'estate avevo passato quasi tutti i giorni sul pontile, a mollo in quella brodaglia salmastra o steso sulle assi nei calzoncini di lastex bianco, a leggere, socchiudendo gli occhi, il terzo volume di *R.E. Lee* di Freeman.

Quella domenica mattina il pontile era quasi deserto. Giù a metà, verso l'approdo, due ragazzi negri, più o meno della mia età, stavano pescando granchi con il guscio duro. Non avevano il permesso di tuffarsi dalla piattaforma, ma erano liberi di pescare quanto volevano. Stavano accovacciati, immobili sopra le lenze; il fetore dei colli di pollo frollati che usavano come esche si levava simile a un muro di vapore rancido che mi affrettai a superare, trattenendo il fiato. Ed eccomi in fondo. Accade a volte che i miei ricordi d'infanzia non siano inquadrati dagli occhi di un ragazzo, ma appaiano come riflessi dall'obiettivo di una cinepresa, su uno di quei congegni che godono della più completa libertà, una giraffa o una gru, che permettono di vedere l'oggetto – nel caso specifico io stesso che mi sto scaricando dalle spalle quella borsa iniqua – come se fosse a due metri di distanza, pressappoco dall'altezza di un gigantesco giocatore di pallacanestro. In questo modo l'occhio coglie più cose; non solo i giornali, ciascuno del peso superiore a un chilo, gettati l'uno dopo l'altro nel fiume, ma il ragazzo tremante di rabbia e di stanchezza, che agita freneticamente le magre gambe abbronzate, e allunga i tendini dell'esile collo mentre, uno dopo l'altro, i giornali vengono tolti dalla borsa per essere scaraventati giù. Un'edizione domenicale galleggia solo per un momento. Ricordo che all'inizio ogni giornale pareva andare alla deriva con una sorta di altera sicurezza, ma poi assorbiva acqua, passava dal bianco a un grigio di morte, e spariva sprofondando e dispiegando i suoi vari strati come un'alga marina ammalata. Ebbi la tentazione di tuffarmi al loro seguito per vincere il caldo che non mi dava tregua e per placare quel senso di tragedia che riaffiorava in me, o almeno per allontanarlo dai miei pensieri; ma c'era qualcosa di troppo orribile nel nuotare fra quelle fronde di carta in disgregazione, che si allungavano verso di me, fra quei titoli, quelle pagine di fumetti a colori che si stavano decomponendo. Così andai a metà del pontile, dove i due ragazzi negri stavano pescando granchi, mi spogliai e mi lasciai scivolare in acqua per una breve immersione. Poi, con il sole sempre più alto, riattraversai il villaggio per tornare a casa.

«È molto presto, dottor Taliaferro,» sentii dire dalla voce di papà oltre la finestra del soggiorno «molto presto. Non avrebbe dovuto venire. È una missione inutile.»

«Io spero, Jeff, che lei non parli sul serio» replicò la voce del dottor Taliaferro. «Non le offro altro che la mia presenza. Voglio dare tutto l'aiuto che posso.»

«Le dirò allora che cosa può fare per essere d'aiuto. Si prenda un bicchiere nella credenza, mentre io cerco di tirar fuori il ghiaccio... da questa... vaschetta... senza... tagliarmi le mani! Poi potrà farmi compagnia mentre bevo un altro sorso di Old Crow.»

«Non avrebbe qualcosa di più leggero, Jeff? Basta che mi dica dov'è.»

«In cucina. Nel frigorifero. Chieda a Florence. Penso che sia lì. Le troverà una *ginger ale* o roba del genere.» Ci fu una breve pausa. «Delphine, le andrebbe un po' di tè? Un po' di tè ghiacciato? Un bicchiere di tè, carissima? Così direbbero in Inghilterra, vero?»

La donna rispose con un mormorio così sommesso che le parole mi sfuggirono. Intuii che papà era un po' ubriaco, e mi sentii in imbarazzo. Beveva molto di rado, ma quando lo faceva... Gesù, c'era da stare in guardia. Di fatto non reggeva bene il whiskey, e forse era per questo che non ne beveva quasi mai; sapevo che non erano scrupoli morali o religiosi a tenerlo lontano dalla bottiglia. Con ogni probabilità si accorgeva che gli bastava un goccio di alcol per diventare loquace e inopportuno, per rendere insulse le sue battute, aggressivamente sciolta la sua lingua tanto da parlare con voce stridula e penetrante, proprio come in quel momento. Si stava rivolgendo al dottor Harrison Taliaferro, pastore della prima chiesa presbiteriana. Il cognome si pronunciava Tolliver, per una di quelle antiche mutazioni fonetiche che avevano divertito mia madre (come Sclater divenuto Slaughter, St John trasformato in Sinjin e Montague che, perse le ultime due vocali, rimava ora con Sontag), quasi quanto la vellutata voce baritonale del pastore e i suoi gesti da vecchio gigione avevano divertito me quando faceva le prediche. Morivamo dal ridere, noi scimmiotti pubescenti che sedevamo negli ultimi banchi esplodendo in risatine soffocate, dilatando le narici, serrando le mascelle, alzando le mani in una supplica devota all'unisono con le sue, senza ascoltare una parola di quegli infuocati e interminabili sermoni pronunciati sotto l'arcuato motto evangelico in foglia d'oro: DOVETE AGIRE NEL MONDO NON SOLTANTO ASCOLTARE. Non mi risultava che fosse mai venuto a casa nostra, ma adesso era qui, Nelson Eddy in persona. Lo vedevo attraverso i vetri della finestra, seduto accanto alla sua pettoruta moglie, una donna dall'aria materna, che serrava fra le mani una grossa borsa a fiori e guardava negli occhi mio padre. Sul suo viso madido e corrucciato era dipinta un'espressione vagamente allarmata. Là dove qualche secondo prima c'era dispiacere, ora si leggeva solo disapprovazione. Shock.

«Niente tè, dunque?» continuò mio padre. «Posso procedere nello sforzo di spiegarvi perché sono un ipocrita?»

«Jeff, la prego,» protestò il pastore «questo per lei è un momento terribile. Non voglio che si senta in dovere di scaricarsi dei suoi pesi...»

«Non mi sto scaricando, dottor Taliaferro» lo interruppe papà. «Da quando in qua la verità è un peso per un uomo onesto? Io credo di potermi definire onesto. Mi fanno già difetto tutte le altre virtù. Ma voglio dirle, dottore, che essere un buon ipocrita non è né facile né divertente, soprattutto se si è onesti. L'ipocrita disonesto medio – una specie, direi, che rappresenta un'ampia maggioranza all'interno della sua congregazione – non ha molto da obiettare agli orpelli fraudolenti della religione, ai vani formalismi, alle vanità esteriori, alle assurdità insulse di quel rituale che va sotto il nome di funzione religiosa. Si abbuffa, metaforicamente parlando, di queste chicche filistee perché hanno un buon sapore, non per la sua anima ma per il suo ego. Solleticano la parte più sensibile del suo palato, cioè l'amor proprio. In cuor suo sa quanto sia falsa e vuota questa oscena ossequiosità, ma lui, vede, è un ipocrita disonesto e così non ne soffre. Io invece, essendo un ipocrita onesto – non è un ossimoro, dottore –, nei dieci anni circa in cui ho frequentato la sua azienda – pardon, la sua casa di culto – ho sempre provato un'angoscia profonda. Il fatto è che sia restando seduto, la domenica, a nutrirmi della sua incomparabile saggezza, sia insegnando alla scuola domenicale, come ho fatto tante volte, il punto essenziale del *Deuteronomio* dove sta scritto che non si deve arare con un bue e un asino insieme – e io ho dato un'interpretazione personale delle parole "arare" e "asino" –, sia alle riunioni dei diaconi del mercoledì sera, mi dolevano fin le ossa per la noia e il cervello mi rimbombava di tutte quelle banalità cristiane. Ho sofferto. Mi sono sentito – mi perdoni il paragone – crocifiggere.»

Ci fu una pausa. «Io odio la vostra abominevole religione!» Di nuovo s'interruppe, poi riprese, in tono più pacato: «Voi due siete stati sempre molto gentili con me. Avrei voluto potervi conoscere meglio. E ora vi sarei grato se ve ne andaste da questa casa. Prima, però, rinfrescatevi con una bibìta. Possiamo parlare d'altro. So, dottore, che lei è un tifoso di baseball. Chi ha vinto quest'anno il campionato della National League?».

Regnava il silenzio più assoluto. Il pastore e sua moglie, non soltanto ammutoliti ma paralizzati, rimasero immobili al loro posto. Durante il discorso di papà, avevo indugiato sul limitare del prato, nei pressi del marciapiede e del cartello ZONA DEL SILENZIO che lo sceriffo aveva fatto mettere un paio di settimane prima. Ora, quando lui ebbe finito di parlare, mi allontanai dal cartello, dal fresco ottagono della sua ombra, e attraversai il prato riavvicinandomi alla casa. Ma non osai entrare. Rimasi nella piccola veranda da cui si accedeva all'entrata a osservare il terzetto nel soggiorno. Intravisti nella penombra del mattino, sembravano statue: papà, in maniche di camicia, stava appoggiato alla mensola del camino con un bicchiere in mano, fissando accigliato il pavimento; il dottor Taliaferro, sul divano, aveva l'aria di chi ha visto il diavolo, un lupo mannaro, un vampiro; sua moglie, seduta accanto a lui, cercava con gli occhi un soccorso immediato e tratteneva il respiro, mentre atteggiava le labbra a una O quasi perfetta, rotonda e muta.

Poi finalmente il pastore cominciò a parlare, ansimando in modo strano, debolmente. «Lei, Jeff, è sempre stato un uomo serio e devoto. Come può dire queste cose? Perché?»

«Perché io esecro Dio, ammesso che esista.»

Ci fu una sibilante aspirazione d'aria da parte della signora Taliaferro. La udii bisbigliare: «Oh, buon Dio!».

«Jeff!» esclamò il dottor Taliaferro. «Oh, Jeff!»

«Buon Dio» bisbigliò ancora sua moglie.

«E non credo neanche nel Suo unico figlio, Gesù Cristo, nostro Signore e Salvatore.»

«Oh, no» sussurrò la moglie.

«Jeff, Jeff, Jeff.» Vidi che il pastore stava tremando.

Un attimo dopo papà prese lentamente a parlare. «Circa un'ora fa, quando quella perla che avete conosciuto, la signorina Slocum, è venuta a svegliarmi per dirmi che Adelaide era entrata in coma, mi sono sentito sollevato come non mai. Per anni e anni non c'è stato giorno in cui non abbia sofferto. E nelle scorse settimane la sofferenza è stata straziante, nonostante tutti gli analgesici inventati dalla medicina moderna per alleviare il dolore. Negli ultimi giorni, poi, la sofferenza...» S'interruppe, si passò le dita sulla fronte, riprese: «Che cosa posso dire? Non avevo mai saputo che un essere umano potesse sopportare una tortura simile. Non c'è stata un'ora in questo fine settimana in cui non abbia desiderato avere una pistola per liberarla da tutto questo».

«Oh, Dio» ansimò la signora Taliaferro.

«Se il Signore ha dato, come le ho sentito dire non molto tempo fa a un funerale, e il Signore ha tolto, altra cosa che le ho sentito proclamare con convinzione assoluta, il Signore non è forse responsabile anche di ciò che accade fra il dare e il togliere? Non è responsabile, le chiedo, anche delle sofferenze mostruose di Addy? Sia maledetto il nome del Signore!»

«Per favore!» udii gemere, sommessamente, freneticamente, la signora Taliaferro. «Basta!» Si stava allontanando da mio padre, rifugiandosi tra i cuscini della poltrona come per sfuggire un rettile. «Non tollero questi discorsi!»

Il dottor Taliaferro si alzò e allungò una mano. «Jeff, lei è fuori di sé! Non dica più niente, la prego! Basta con le bestemmie, per l'amor di Dio!»

Avvilito, avrei voluto fermare mio padre, non per ciò che stava dicendo, ma per la paura che si staccasse da terra e volasse via. Ma non sapevo cosa fare. Non potevo interromperlo, ma non ce la facevo più ad ascoltarlo. Mi sentivo oppresso all'improvviso da una stanchezza che mi dava i brividi, e il mio corpo dopo la nuotata era ancora impiastricciato di sabbia. Desideravo salire di sopra e buttarmi sul letto, ma non so per quale ragione non volevo rendere manifesta la mia presenza in quel putiferio incontrollato. Decisi allora di fare una passeggiata, in attesa che i Taliaferro se ne andassero, e stavo già per sgattaiolare via dalla veranda quando la voce di mio padre – segnata da quel tono vagamente sinistro che avevo udito le rare volte in cui l'alcol spalancava lo sgabuzzino dove lui racchiudeva i suoi demoni – mi diede un sussulto, mi bloccò bruscamente, facendomi girare come una trottola. Per un attimo pensai che avesse afferrato i baveri del completo beige Palm Beach del dottor Taliaferro. Ma gli occhi mi avevano ingannato. Si era tuttavia avvicinato al pastore – viso contro viso – tanto da darmi la sensazione che si stessero scambiando il fiato, e vidi il whiskey di mio padre colargli lungo il polso, gocciolando sull'immacolata manica beige. Questo predicatore, pensai, ha l'aria di uno che sta per svenire.

«Dottor Taliaferro, lei conosce Arthur Schopenhauer?» disse papà.

«Sì... sì,» balbettò il pastore «credo di sì. Un filosofo ateo. Ne ho sentito parlare anni fa, quando studiavo in seminario.»

«Lucrezio? Voltaire? Montaigne? Bertrand Russell? Nietzsche?»

«Sì. Tutti atei. Soprattutto l'ultimo.»

«Voglio solo dirle questo, dottore, prima di chiederle ancora una volta di andarsene. Voglio dirle che negli otto o dieci anni in cui sono stato uno dei suoi diaconi ho passato ore innumerevoli di sopra, in quello stanzino che io chiamo il mio studio, a leggere le parole di questi uomini. Io non sono molto istruito, ho studiato ingegneria, ma mi sono misurato con questi pensatori, cercando di capire le loro idee sull'esistenza umana. Ho imparato a leggere un po' il francese e abbastanza bene il tedesco, tanto erano importanti per me le loro idee. Nessuno di loro offre all'umanità molte speranze; vedono nel compiersi del destino umano qualcosa d'inspiegabile, un insieme di conflitti e di sofferenze. O di energie malvagie e smodate utilizzate soprattutto per allontanare la noia. Un punto di vista deprimente. Ma è la verità come loro la vedevano. Ah!»

Papà esitò un momento, bevve un sorso dal suo bicchiere, poi, sempre guardando torvo il pastore, disse: «E in tutto quel tempo il suo diacono qui presente ha dato una mano, con un lampo di divertimento negli occhi, a distribuire la Santa Comunione, passando fra i banchi con piccole losanghe di pane miracoloso e ditali pieni di succo d'uva al servizio della Cena del Signore. E nel frattempo, se vuol sapere la verità, la sola cosa che mi desse piacere era sbirciare le ginocchia nude di alcune delle fedeli più graziose della congregazione. Lei non immagina nemmeno, dottor Taliaferro, quanto fossero sconsideratamente provocanti le proprietarie di alcune di quelle ginocchia. È la pura verità, Delphine». Lanciò un'occhiata alla signora Taliaferro, che aveva un viso rigido ed esangue come una patata sbucciata e uno sguardo quasi da folle. «Ma, quando non ero impegnato in queste *corvée*,» riprese «ero perpetuamente torturato dal dubbio. Quante volte ho dubitato della mia integrità personale, chiedendomi come un uomo scettico quale io sono potesse servire un'istituzione e aderire a una fede che offre promesse così false di beatitudine, qui in questo mondo e nell'Aldilà. Ora non ho più dubbi. Nell'incomprensibilità dello strazio di mia moglie ho trovato una terribile risposta. Se un Dio esiste, non Gli importa nulla dell'umanità. E io non voglio credere in un Dio simile! Se Egli esiste, io Lo aborrisco! E adesso, per favore, andatevene. Io devo salire da Addy.»

«Jeff, oh, Jeff,» esclamò il pastore «lei non è certo il primo cristiano che di fronte a un dolore atroce dubiti della saggezza di Dio e del mistero insondabile delle Sue vie. Ma c'è sempre un miracoloso ritorno alla fede...»

«Basta!» gridò mio padre. «Basta! Per piacere, toglietevi dai piedi! Sono chiacchiere vane e sciocche!» Gli cadde dalle dita il bicchiere, che finì senza far rumore sul tappeto, mancando di un pelo una delle scarpe bianche e marrone con la mascherina allungata del dottor Taliaferro. «Nietzsche in una sola frase ha detto tutto di uomini come lei. Mi fa venir voglia di lavarmi le mani!»

Fuggii. Fuggii a gambe levate. Qualsiasi cosa pur di allontanarmi da quello scontro. Correvo spaventato, volevo scappare da quella casetta che amavo, avvolta ora nella nera calamità. Sfrecciai in una strada ombreggiata da sicomori, ascoltando il rumore sordo delle mie scarpe sul marciapiede, correndo in quella cappa di caldo finché il caldo stesso, pesante come una pelliccia, non mi costrinse a rallentare. Il villaggio si stava destando. Le radiosveglie andavano a tutto volume dentro le case dalle finestre aperte. Udii gli alleluia degli evangelici che si mettevano all'opera. Nell'aria cominciavano a sbocciare i cinguettii e le cacofonie della domenica – cori delle scuole domenicali, organi, inni battisti, cantilene di predicatori. Io mi trascinai senza meta su una strada chiazzata di luce, poi su un'altra, come un sonnambulo; non mi ero mai sentito così stanco. Come ogni domenica, una formazione di Fortezze Volanti, decollata dal campo d'aviazione dell'esercito, ronzava bassa sopra il villaggio, e i motori, all'inizio un coro di mormorii, crebbero fino a diventare un frastuono assordante che rompeva i timpani. Gli aerei oscurarono a lungo il sole e i sicomori fremevano sotto un torrente di vibrazioni. Mi fermai e rimasi immobile, guardando in alto, oltre le ombre gettate dalle ali, in attesa che passasse la squadriglia. In una fuggevole fantasia, vivida e per nulla allarmante, vidi gli aerei trasformarsi in uno stormo di bombardieri nazisti che lasciavano cadere il loro carico sul villaggio, per poi svanire come uccelli.

Non sto scherzando, Jeff. Ti verrà voglia di sposare una come Martha Flanders. È molto bella.

Non quanto te, tesoro. Ma non parliamo di queste cose...

Ha un debole per te, lo so bene. E ha due gambe splendide. L'ho vista in costume da bagno. Una divorziata molto birichina. Sono sicura che ti vorrà.

Addy, cara, non parliamo di queste cose.

Ripresi a camminare e vidi Bruce Watkins avvicinarsi dal fondo della strada, con una canna da pesca sulla spalla. Non portava più i pantaloni, come durante il giro di consegna dei giornali, ma un costume da bagno e una maglietta, e aveva un'aria preoccupata.

«Per tutti i diavoli, Paul!» disse. «Dove sei stato? Il vecchio Quigley si è messo a dare i numeri perché non riusciva a capire dove fossi finito.»

«Non m'interessa» risposi.

«Ma cosa è successo?»

«Niente» dissi. «Mi sono stufato.»

«E che fine hanno fatto i tuoi giornali?»

Vedendo che non rispondevo e continuavo per la mia strada, Bruce disse: «Il vecchio Quigley è fuori di sé. All'inizio era furioso, poi si è come spaventato. Continuava a ripetere: "Pensate che casino scoppierebbe se uno dei miei dipendenti venisse rapito"».

«Non m'interessa» dissi. Gli voltai le spalle. Qualcosa mi spingeva verso casa. Bruce mi chiamò di nuovo, ma io non lo ascoltavo. L'eco del suo grido mi seguì in tutta la fantasmagoria del mattino, un paesaggio i cui contorni apparivano strani per via della spossatezza nervosa e dei miei occhi irritati che, non riuscendo a mettere bene a fuoco, stravolgevano le cose a me familiari fino a farle apparire aliene, trasformando uno spaniel ansimante su una terrazza in un ghignante carnivoro da giardino zoologico, le aiuole in macchie in Technicolor, gli irrigatori dei prati in fontane grandiose. A un certo punto, in questa sorta di trance, inciampai sul marciapiede e poco mancò che finissi lungo disteso sull'erba.

Poi, proprio quando arrivai a casa e feci il primo passo nel prato, udii mia madre che cantava. Mi fermai. Una scarica di brividi mi colse nell'ascoltare quell'inno, che si levava chiaro e giubilante nell'aria immota, intatto nella sua forza e nella sua certezza, ammaliante più che mai per il modo in cui esprimeva una lode piena d'amore. La mamma vivrà, pensai febbrilmente. Si è alzata dal letto. Sta cantando. Guarirà come ha detto Florence.

Ist auf deinem Psalter,
Vater der Lie-be...

Ma quel momento di gioia straordinaria che aveva significato per me una liberazione era, come la voce in sé, illusione pura, e mi resi conto quasi subito della vanità delle mie speranze, dell'errore in cui ero caduto. Come mai, infatti, un coro maschile e un'orchestra accompagnavano ora il suo canto? La speranza evaporò, si dissolse. Entrai in casa, attraversai il soggiorno e percorsi il corridoio fino alla stanza da musica, il tempio di mia madre, da cui proveniva il canto, e a quel punto sentii il tic tic familiare del vecchio disco che girava sul piatto. Sgattaiolai dentro, cercando di non fare rumore. E vi trovai mio padre che, in piedi con una mano appoggiata al muro, stava guardando pensoso il prato inondato di sole e le aiuole, mentre la puntina d'acciaio proseguiva nel suo cammino sugli infuocati solchi di gommalacca e riempiva la stanza di questo finale di Brahms, suonato a tutto volume. L'incedere innodico della musica, che avvolgeva ogni cosa – i busti di Schubert, di Brahms e Beethoven, i ritratti dei grandi virtuosi, l'immagine stessa di mia madre, colta in un attimo di remota allegria – tornò a scuotermi con tanta ferocia che per un attimo mi sembrò di vederla lì, seduta al piano vicino alla finestra, con la voce che si levava esultante come tanto tempo prima. Poi il disco finì e papà alzò la puntina.

«Paul, figliolo,» disse «dove sei stato? Hai un'aria così stanca. Ti senti bene? Hai la febbre? Dovresti andare a dormire.»

«Ero giù al pontile, papà» risposi. «Non avevo voglia di venire subito a casa.»

«Ieri voleva che lo mettessi per lei,» spiegò «ma non l'ho fatto. Forse me n'ero dimenticato. Ma ho voluto comunque metterlo per lei. È Lotte Lehmann, la sua cantante preferita.» Parlava con una voce ottenebrata dalla fioca raucedine della spossatezza estrema. Vacillò e si portò le dita tremanti al viso, mettendomi in allarme. Poi se le passò nervosamente sulle labbra, come lo avevo visto fare altre volte nei momenti critici, quando inscenava una pantomima goffa e furtiva nel tentativo di mascherare l'odore dell'alcol. Non dovrebbe bere, pensai, men che meno adesso. Paventando quei momenti, mi ritrassi, non perché mi sentissi minacciato o temessi una scenata, ma perché con questa nuova maschera, da estraneo, era imprevedibile e per niente paterno: una figura aliena. E in quell'attimo, come per esternare quello strano stato d'animo che mi spaventava facendomi venir voglia di fuggire, si buttò in ginocchio sul pavimento davanti a me e mi cinse la vita con un braccio, avvicinandomi a sé e premendo la testa contro la mia spalla. Questa stretta impetuosa, quasi selvaggia, questa esplosione incontrollata d'emozioni mi colse alla sprovvista e mi strappò un gemito interiore. Inginocchiato, mi si aggrappò come uno che stesse annegando, e per un lungo momento fu come se volesse trascinarmi con sé; ma poi mi lasciò andare e io, ritornato a galla, mi ritrassi a contemplare la sua furia e la sua sofferenza.

«Paul, figlio,» sbottò, con voce troppo alta «ricordati di questa mattina! Ricordati di ciò che sto per dirti! Ricordati di questa mattina!» E di nuovo mi strinse forte.

Stordito dalla disperazione, non riuscivo a dire niente.

«Ripeti dopo di me queste parole. Mi stai ascoltando? *Le fondamenta della terra possono sbriciolarsi e le montagne precipitare in mare*... Mi stai ascoltando? Ripetile dopo di me!»

«*Le fondamenta della terra possono sbriciolarsi.*» Esitai e ammutolii.

«Dillo dopo di me, figlio!» Mi agguantò, facendomi male.

«Papà!» lo implorai, piangendo.

«*Ma io da solo prevarrò!* È questo che devi capire, figlio. *Ma io da solo prevarrò!* Dillo dopo di me!»

«*Le fondamenta della terra possono sbriciolarsi e le montagne precipitare...*»

«*In mare!*»

«*In mare!*» feci eco.

«*Ma io da solo prevarrò!*»

Ognuno di noi s'inventa un modo per sfuggire all'intollerabile. Possiamo a volte negarne l'esistenza con la fantasia. Ricordo d'aver ripetuto, smarrito, le parole che mi ordinava di dire – «*Ma io da solo prevarrò!*» – mentre mentalmente ne componevo altre capaci di distrarmi dall'angoscia di quel momento. Mi chiamo Paul Whitehurst, e oggi è l'11 settembre 1938 e Praga attende l'ultimatum di Hitler. Così, cullato dalla storia, mi innalzai lentamente al di sopra delle ombre calde e dense della stanza. E da lì, fluttuando accanto ai musicisti immortali, potei guardare impassibile il padre afflitto e il ragazzo immobilizzato fra le sue braccia.

Indice